À CONTRE-JOUR

Charline Quarré

À CONTRE-JOUR

Roman

© 2022 Charline Quarré

Éditeur : BoD-Books on Demand
12-14 rond-point des Champs-Élysées, 75008 Paris
Impression : BoD - Books on Demand, Norderstedt, Allemagne

Illustration : anthony-tran-i-ePv9Dxg7U-unsplash

ISBN : 978-2322-41101-6
Dépôt légal : Janvier 2022

PRÉLUDE

« Maman ? C'est quoi ce cahier sur mon bureau ?
- Ce quoi ? Quel palier sur un plateau ? Attends, j'entends rien, je suis en train de conduire !
- Il y a un ca-hier sur mon bu-reau.
- Ah oui, tu fais tes devoirs ?
- Mais non ! Je te dis que j'ai trouvé un cahier neuf, vide, sur mes affaires. C'est toi qui l'as mis là ?
- Ah non.
- D'accord. C'est bizarre. J'en fais quoi ? C'est pas à moi ce truc...
- Je sais pas mon chat... T'as qu'à écrire ta vie !
- T'as pas une meilleure idée ?
- Hein ? Merde, y a des flics je te rappelle ! »

Ça fait un fracas. Elle a dû jeter son portable sur la banquette arrière. Entre temps, ça n'a pas résolu le problème. Je pourrais, je voudrais bien écrire ma vie mais je n'en ai pas une vraie. Une vie faite d'oisiveté dissimulée et d'angoisse n'est pas une vie à lire, ni une vie à vivre. Je pourrais raconter ce que je vis, décrire ce que je vois. C'est trop commun, pas assez beau. Non, ça sert à rien. Personne n'est là pour vivre à ma place. Tout le monde s'en fout et moi aussi. Je hausse les épaules et raccroche le téléphone.

J'angoisse. De quoi ? Je ne sais pas. J'ai peur toute seule. Il faudrait que je sorte d'ici. Il fait encore jour. Je vais faire un tour.

Le chat dort sur mon lit. Sensuel et plein

d'orgueil, même quand il dort. Je sors doucement mon manteau de l'armoire qui grince et pars sans faire de bruit. Je vois flou quand j'angoisse. Je n'aurais pas dû boire autant de café. Les marches des escaliers me sautent aux yeux à chaque pas. J'ouvre la porte du hall avec précipitation pour sentir un air glacé et soudain se jeter sur moi pour me mordre. Je frissonne.

Je marche vite pour me réchauffer mais je ne sais pas où je vais. Je ne sais jamais où je vais. Telles sont les conséquences de mon désœuvrement. Car je m'ennuie. Je suis en manque. En manque de je sais pas quoi, je cherche quelque chose. Je remonte doucement l'avenue de Friedland. J'arrive à l'Arc de Triomphe. Je pense que je vais prendre le métro. Les gens sillonnent les trottoirs. Ils marchent vite parce qu'il fait froid et qu'ils savent où ils vont.

Aussi désagréable que l'air glacial, je me laisse agresser par une bouffée chaude de cette puanteur de bouche de métro. Le couloir est si long que je pense que je n'arriverai jamais au bout. Et si je tournais en rond ? Mais on tourne toujours en rond quoi qu'il arrive... L'existence serait-elle un cercle ? Allez savoir ! On tourne, on tourne et on tourne et quand on commence à avoir le vertige, tout s'arrête. Et plus rien ne tourne jusqu'à ce que l'on y retourne. Je m'étourdis, je bouscule une petite vieille. Elle a un air si revêche que je suis tentée de ne pas m'excuser, mais quand votre éducation réfléchit à votre place, l'excuse devient presque un réflexe primaire. Je ne l'avais pas vue, je n'ai vu personne. Il y a du monde pourtant, mais mes rêveries me donnent une vision trouble, me font fixer un point que je ne regarde pas. Alors comment puis-je voir les gens qui grouillent, courent et tombent autour de moi ? Je n'ai pas le droit de penser à des choses irrationnelles en marchant, ça doit être ça. Les petites illusions sont illégales, interdites parce qu'inutiles, et parfois dangereuses.

Je sais. Je sais où je veux aller, maintenant. Je sais ce que je vais faire. Je vais aller jusqu'à la Porte Maillot et traverser Neuilly à pied. La ville de mes années de maternelle. Je vais retourner voir la maternelle.

De quoi j'ai l'air, là ? De Margot, une gamine de dix-sept ans, déjà nostalgique alors qu'elle n'a rien vécu. De Margot qui n'a pas cours cet après-midi, parce que quand on est en terminale littéraire, des cours, on n'en a jamais. J'ai l'air d'une fille qui se promène seule. J'ai l'air de rien. Rien. Voilà comment est ma vie. La vie évoquée tout à l'heure au téléphone, la mienne, c'est une vie de rien. C'est une errance sans fin qui marche à côté d'une longue tristesse sans larmes. Une vie froide, sans gloire, sans personne. Personne. Personne qui m'arrachera les pieds du sol. Personne qui m'apprendra à faire autre chose que marcher sans but. Je n'existe pas vraiment. Margot, parle-moi de ta vie. On va faire court, je n'en ai pas. J'ai cette impression de perdre un peu plus chaque jour sans avoir jamais rien gagné. Je me dis qu'il y a un concept qui s'appelle l'avenir ; je pourrais en avoir un, moi aussi ? Mais lequel... J'ai dix-sept ans et je n'ai jamais rien construit. J'ai dix-sept ans et je n'ai jamais rien appris.

Je marche vite, très vite en sortant du métro. Changement de décors. Passage d'un quartier à l'autre, les transitions s'accélèrent aux portes de Paris. Je fronce les sourcils et m'accroche fort à mes souvenirs. Je veux tout récupérer, la façade de l'école, pas telle qu'elle est aujourd'hui, l'odeur des escaliers en bois, le bruit que faisaient les marches martelées par des dizaines de petits mocassins et de chaussures vernies qui sentaient encore le magasin où la dame nous avait mis le pied sur un drôle d'appareil pour voir combien on chaussait, la couleur de ma robe le jour de la rentrée, celle des rubans dans mes cheveux le dernier jour de l'année, la trace de rouge à lèvres sur ma joue chaque matin, les colères sur le trottoir, les rires et les petits cris aigus des filles et des garçons, le silence des grandes vacances, le vent dans les marronniers au mois de juin, les miettes du goûter, les gros mots chuchotés avec terreur et délice, le chignon gris de la maîtresse, les doigts pleins d'encres de toutes les couleurs, les conversations étranges des grandes personnes qui venaient nous chercher, l'odeur de la voiture dans laquelle on jetait son cartable avant de grimper sur la banquette, Pavarotti à fond la caisse dans l'habitacle à vous dégoûter à vie de l'opéra. C'est pour ça que je suis là. Mais tout cela a disparu. Je suis venue avec des morceaux que je n'arrive plus à rassembler sur place, parce que rien n'est plus pareil, comme si ça n'avait jamais existé. Je tiens dans la main un voile qui flotte au vent. Je tire une longue traîne de soie fanée qui devient haillons. Je suis souillée d'illusions dont je ne me libère pas. Les hauts immeubles, les bus, les voitures, les gens, le bruit viennent interrompre ma mélancolie. Les haillons se déchirent et s'envolent en cendres. Bienvenue dans la réalité adulte.

C'était ça, mon école maternelle, ce vieil immeuble dans lequel il n'y plus ni élèves ni maîtresses mais des familles qui s'y sont installées quand elle a fermé. Après je suis allée dans une école beaucoup plus grande. Une école très réputée. Celle-ci, je m'en souviens beaucoup mieux. Si j'oublie, j'ai toujours cette petite cicatrice pour m'en rappeler, de toute façon. Alors oui, je m'en souviens bien. Des récréations passées seule. De la pétition des élèves de ma classe pour que je me suicide. Ils me l'ont gentiment donné, ce bout de papier où chacun m'avait écrit un mot d'amour : putte, boudin, gros ku, pétass, conne... J'étais même pas grosse, même pas mauvaise élève, même pas conne. J'ai jamais rien fait. J'ai jamais rien dit. On ne m'aimait pas, j'avais rien fait pour, je faisais avec. Ce gentil professeur de maths, aussi, qui m'avait caressé les cuisses en me demandant comment j'allais lors d'un voyage scolaire. J'ai détesté ma mère de m'avoir fait porter un short et j'ai toujours détesté les maths. Et il y a eu ce jour béni où un camarade m'a entaillé le bras avec des ciseaux. Mes parents ont téléphoné à l'école et aux parents du morveux. Ils leur ont répondu que c'étaient eux, mes parents, qui m'avaient fait ça et qu'une assistante sociale allait venir me voir. Mes parents ont pris un avocat et m'ont changé de collège. Plus personne ne m'a fait de mal et j'ai continué à ne parler à personne.

Je suis fatiguée. Je cherche un café pour faire une escale. Il y en a un juste à côté. Un café à la mode avec dedans des gens à la mode. Le genre d'endroits que je ne supporte pas. Le genre d'endroits où les clients se retournent pour voir qui y entre et vous étudient de la tête aux pieds. Le genre d'endroits que je choisis pour allumer mes cigarettes à l'envers, rater la table avec mon coude et avoir le hoquet.

Il y a un autre café un peu plus loin. Un café normal. C'est parfait. J'entre dans une joyeuse ambiance de pause-Ricard. Je m'assieds dans un coin, comme d'habitude. Comme si m'asseoir dans un coin, dos au mur pouvait me mettre à l'abri de tout. J'allume une cigarette. Je me cale au fond de la banquette et regarde autour de moi. Deux vielles dames discutent à une table voisine. Le reste de la clientèle se tient debout, devant le bar. Des ouvriers, principalement. Enfin, debout, quand ils ne sont pas courbés pour s'accouder au bar avec la raie des fesses qui dépasse du pantalon de travail. L'ambiance est à la détente, en toute légèreté : « Hé ! Tu sais comment ça s'appelle, un dinosaure pédé ? rahrahrah. » Rires gras. Un visage attire mon attention. Mais c'est le mien, ce n'est que mon reflet dans un vieux miroir. Mes cheveux sont en flots de cendres ternes épars et sans aucun ordre. Le miroir rend ma peau encore plus pâle, mes yeux semblent bien hagards au-dessus de mes cernes. Comme si ça ne suffisait pas, je regarde mes mains. Elles ont des égratignures mal cicatrisées, mes veines ressortent et mes ongles se cassent. Ma peau est sèche, j'ai les lèvres gercées. Je ne ressemble à rien. Il faudrait peut-être que je dorme plus, mais à quoi ça me servirait d'être plus jolie ? Qu'est-ce que j'en ai à foutre, j'aime justement qu'on ne me regarde pas.

« Qu'est-ce qui lui ferait plaisir à la demoiselle ? »

Je sursaute. Je reprends mes esprits, commande un café, au hasard, car rien ne me fait envie. Ma cigarette s'est consumée entre mes doigts et les cendres se sont effondrées sur mon pantalon. Je regarde distraitement le fruit de ma connerie avant d'écraser le mégot dans le cendrier. Je secoue un peu la tête pour me réveiller tandis qu'on m'apporte ce que j'ai demandé. Je ne bois même pas mon café, ça me dégoûte, j'en veux pas. Je suis assise là, car je n'ai rien à attendre. Et seule, car je n'ai rien à rendre. « Hé ! Tu connais la différence entre une pute et ta grand-mère ? » J'en ai marre, je veux rentrer chez moi, je pose toutes mes pièces sur la table, on dirait un trésor de petite fille qui vient de vider sa tirelire mais le serveur vient vers moi : « Mademoiselle, un monsieur au bar a voulu régler votre café ; j'ai dit oui. » Je grimace un sourire en balayant le comptoir du regard. Un homme aux yeux clairs me fait un signe de la main et j'élargis ma grimace pour lui donner un peu plus la forme d'un sourire. J'en ai assez. Je laisse deux francs sur la table et je sors derrière une pluie de paroles qui me casse les oreilles mais ne me tombe pas dessus : « Au revoir mademoiselle - qu'est-ce qu'elle est mignonne - très mignonne... » Ravie de l'apprendre. Je remonte l'avenue Charles de Gaulle. Je vais rentrer chez moi à pied. J'aurais bien voulu laisser mon reflet dans la glace, je ne suis pas sûre de vouloir le retrouver ailleurs.

Hall, ascenseur, sixième étage, clés, salon vide, personne. J'enlève mes chaussures qui me font un mal de chien et je m'effondre sur les coussins du canapé. Les informations à la télé. Ça défile : la vache folle, une affaire de pédophilie, un assassinat, un massacre en Algérie, une fille de mon âge atteinte du cancer. Débat politique et je ne comprends rien. Et les bonnes nouvelles ? Non. Des faits divers... Je zappe la détresse humaine et j'ai droit à de la publicité pour une assurance. Ça m'exaspère. J'éteins. Je m'engouffre dans les coussins tandis que la nuit tombe doucement. Le jour semble s'endormir avec moi.

Sept heures du soir, je me réveille. Il fait noir, il fait froid, je suis seule et j'ai peur. Mes parents ne sont pas encore rentrés. Je me blottis dans un coin du canapé et j'attends sans rien faire, transie de peur. À cause du silence. À cause de l'obscurité. J'ai fait un cauchemar et je voudrais l'effacer. Je me rendors doucement.

Je sursaute. C'est nerveux. Nouveau cauchemar. La frayeur que j'ai eue n'en finit pas de m'essouffler et je suis toujours seule chez moi. Je refuse de faire un mouvement. Toujours trop froid, toujours trop peur. Et un mouvement pour quoi faire ? Je n'ai rien à faire. Et si on m'abandonnait... Si ma mère ne rentrait jamais, qui m'embrasserait avant d'aller dormir ? Et qui me soignerait quand je serais malade ? Margot, tu te poses des questions stupides, ça n'arrivera jamais. Parce que les parents, ça meure jamais, c'est bien connu. Je me borne à y croire. C'est con mais ça me rassure. Si, si. Les autres gens meurent, mais jamais les parents, jamais la famille ! Il y a deux personnes au monde que je vais pleurer quand ils vont mourir, Michael Jackson et Patrick Poivre d'Arvor. Eux, ils sont pas de ma famille.

J'entends un bruit furtif. C'est mon chat. « Octave, viens ici... » Il s'est prostré sur le tapis et me regarde du coin de l'œil, capricieux, il réfléchit, se fait désirer. Puis à pas lents il vient vers moi. Son masque de fierté tombe à mesure qu'il se rapproche. Il saute sur le canapé, escalade mes jambes et s'allonge contre mon ventre. Il se lèche les pattes en ronronnant tandis que je fais glisser ma main sur sa petite tête. Je l'aime, ce chat. Nous ne bougeons plus. Deux petits êtres blottis l'un contre l'autre dans un coin obscur se rassurant en attendant que quelqu'un vienne rompre cette angoisse. Je me recroqueville en chien de fusil et passe un bras autour de mon petit Octave, comme pour le protéger. J'ai faim. Je n'ai pas mangé depuis ce matin. J'ai tellement faim que je n'ai plus envie de manger. Je n'ai même plus envie de fumer, ni de boire. Comme si ma tête se vidait par mes yeux grands ouverts. J'ai la superstition qu'à cet instant, le moindre mouvement pourrait faire basculer mon destin. N'importe quoi. C'est débile, mais je ne bouge toujours pas. Il est vingt heures. Je pourrais téléphoner mais je n'ose pas. Je ferme les yeux. Imagine qu'il soit arrivé quelque chose à ta mère. Elle a eu un accident de voiture. Un connard lui a fait une queue de poisson. On l'a transportée à l'hôpital parce qu'elle a perdu connaissance et pendant qu'on la soigne, on cherche une pièce d'identité dans son sac et... Clac ! La porte se referme, les lumières aveuglantes s'allument, agressant mes yeux au fond desquels s'imprime une silhouette.

« Qu'est-ce que tu fais là, dans le noir ? T'es malade ?
- Non, je t'attendais.
- Tu n'as rien mangé ?
- Non, mais j'ai faim.
- Je m'en doutais. Je pose mes affaires et je vais préparer le dîner, tu n'as qu'à allumer le feu. »

Je ne lui ai même pas dit que j'étais inquiète, ni même demandé ce qu'elle avait fait tout ce temps parce que j'ai la flemme, ça ne m'intéresse pas. Elle était pas là, j'étais seule, c'est tout. Parler pour ne rien dire, moi je préfère me taire. Elle est fatiguée et ça se voit. Je mets trois bûches dans la cheminée et allume le feu. Il s'empare du bois et les flammes commencent à danser. Je me demande pourquoi j'ai pas pensé à faire ça tout à l'heure, alors que j'avais si froid. Le feu me fascine. Ses flammes se reflètent les unes dans les autres et se bousculent sur mes iris, je ne le vois pas mais je le sais, ça suffit. Je m'allonge sur le tapis, abandonnant Octave sur le canapé car je n'ai plus peur, ma mère est là. Je ferme les yeux où le feu s'est imprimé comme pour prendre possession de mon corps qui se réchauffe peu à peu. Il crépite. Je jette un œil par la fenêtre qui est un véritable cadre noir dont la seule échappée est un ciel sombre et sans étoiles. Je voulais juste une étoile. Il n'y en a pas. C'est pourtant pas bien compliqué, il y en a partout ailleurs, des étoiles, alors pourquoi il n'y en a jamais à Paris ?

« Tiens, j'espère que tu vas tout manger.
- Merci. »
Elle pose le plateau avec des pâtes au beurre, des clémentines et une bouteille de vin et s'assoie à côté de moi. Elle me tend une assiette. Je mange les pâtes une par une, j'essaye quand même de faire un effort. Découragée en voyant l'assiette déjà vide de ma mère, je me sers un verre de vin.

« Tu bois beaucoup trop, Margot. Une jeune fille de ton âge ne doit pas boire comme ça.
- Les autres font ce qu'ils veulent ! Je te rappelle que c'est toi et papa qui m'avez initiée au vin, j'ai même pris des cours de dégustation alors si je peux pas m'en servir...
- Mais qu'est-ce que ça t'apporte de fumer et de boire comme ça ? J'aimerais bien que tu réagisses un peu, que tu n'ailles plus à l'école en traînant les pieds, que tu sois motivée pour quelque chose, que tu fasses du sport au lieu de traîner dans la rue sans rien manger. Merde, je sais que tout le monde n'a pas trouvé sa voie à dix-sept ans, mais là tu ne la cherches même pas. Et tu as une vie malsaine. Je vais t'emmener chez le médecin. Et te faire faire une prise de sang. Tu dois avoir des carences.
- Tu dis ça tous les jours.
- Oui mais là je vais le faire. »
C'est vrai que je bois un peu trop depuis quelque temps. Mais j'en ai besoin. Ça m'évite de

penser. Ça m'aide à dormir. Ça me force à rêver à défaut d'autre chose. Rêver à rien de précis. C'est une évasion, et elle devient élastique quand je me réveille.

Au lieu de répondre « tu parles », je préfère soupirer, et j'y mets du cœur. C'est là qu'Octave se lève pour tourner autour de ma mère. Il a de la chance : que des caresses, jamais de reproches. Je devrais lui en faire de temps en temps. Même si je ne me dispute pas avec ma mère, ses reproches suffisent déjà amplement. Il n'y a rien à dire, elle a toujours raison alors pas la peine de parler dans le vent. Moi aussi, je sais que j'ai raison, enfin, mes raisons, et ça suffit, pas la peine d'argumenter. Faire savoir que j'ai toujours raison au prix d'un conflit ? Je préfère rester muette. Me taire est ce que je sais faire de mieux. On parle de trouver sa voie, j'ai trouvé, je vais faire du silence mon métier. Je risque un œil, je la regarde, ma mère, assise sur l'accoudoir du canapé. Elle a les joues roses. Elle est vraiment très belle. Elle me regarde aussi, perplexe :
« Margot, je suis inquiète que tu n'aies pas d'amis.
- Ah bon ? », réponds-je bêtement. Qu'est-ce que je peux répondre d'autre ?
« Oui. Parce que c'est pas normal. Tout le monde a des amis. Toutes les filles de ton âge ont des amis.
- Tant mieux pour elles.
- Et toi tu passes tout ton temps libre seule. C'est bien de passer ta vie à lire, c'est très intéressant. C'est bien que tu te promènes et que tu ailles au cinéma, mais c'est pas normal que tu y ailles seule.
- J'y peux rien, maman. C'est comme ça. Je le fais pas exprès.
- T'as pas de copains dans ta classe ?

- Non.
- Comment ça se fait ?
- Personne ne me parle.
- Et pourquoi tu vas plus aux soirées de rallye ? C'était bien non ?
- C'était pourri, ouais. Tout ces morveux qui se prennent pour des grands alors qu'ils n'ont jamais gagné un franc et savent pas faire un lacet, tous ces particuleux consanguins... Trop de mamans qui sentent la laque, trop de tailleurs Chanel, trop de voix aiguës, trop d'accents circonflexes.
- Mais t'avais l'air contente d'y aller, je comprends pas.
- J'aimais bien y aller parce que c'était open bar.
- Parce que c'était quoi ?
- Rien, maman, rien. Non, ça ne m'a jamais plu.
- Bon... »

Elle a l'air triste, j'aime pas ça. Je me lève et porte le plateau dans la cuisine pendant qu'elle va se coucher. Je la rejoins. Elle est déjà dans son lit et regarde un débat à la télévision. Je me demande comment elle peut trouver le sommeil après avoir regardé un truc pareil. Je grimpe sur le lit et pose ma tête sur son ventre. J'entends son cœur battre. J'ai toujours aimé faire ça, bien que j'en aie largement passé l'âge. Elle caresse mes cheveux en prononçant cette phrase qu'elle dit tous les soirs :

« Allez, va te coucher mon lapin.
- Bonne nuit maman, fais de beaux rêves.
- Oui, bonne nuit. »

Elle est comme ça. Elle ne répond jamais « toi aussi ». On dirait que les rêves n'ont aucune importance pour elle. Ça m'a toujours énervée mais je n'ai jamais rien dit. Peut-être ne rêve-t-elle tout simplement pas.

Je pousse la porte de ma chambre et jette mes vêtements sur le sofa. Je me glisse lentement dans mon lit. Je ne voudrais pas réveiller mon chat. Sur ma table de nuit, la lueur dorée de ma lampe éclaire un flacon de Lexomil à demi vide, une fausse note dans le décor. Je le débouche et en fait fondre un petit morceau sous ma langue. Un bébé Lexomil. J'allume une cigarette que je n'ai pas envie de fumer. Je vis une vie que je n'ai pas vraiment envie de vivre. Je fuis vers des rêves qui ne sont que des rêves.

Je l'écrase, ma cigarette. Mon chat ronronne. Ça me berce. Je m'endors.

***

La femme de ménage me réveille. Je lui en veux. Elle me dit qu'il faut que je me lève et qu'il y a du pain frais dans la cuisine, me sourit gentiment et s'en va. Pas faim. J'attrape un morceau de pain que j'avale sans mâcher. Trop fatiguant... Je traîne des pieds vers mes habitudes. Il fait encore nuit. Je voudrais disparaître, fondre dans le noir. L'eau de la douche est trop chaude, trop froide, trop tiède. Je suis encore humide sous mes vêtements, mais je dois partir. Je suis encore en retard. C'est stupide. Vous refusez de gaspiller un morceau de votre vie pour les autres, vous êtes en retard.

Je descends pour monter dans la voiture. Mon père va encore me poser des questions. Je ne pense pas que j'aurai un jour le culot de lui demander d'arrêter. L'habitude. Toujours le même chemin, toujours les mêmes questions débiles et vides, vides, vides :

« Alors, t'es contente d'aller à l'école ?
- Oui papa, c'est merveilleux.
- En plus c'est moi qui te conduis ce matin.

– Ah oui tiens, j'avais pas remarqué.
– T'as de bonnes notes en ce moment ?
– Ça va.
– Et la maîtresse, elle est gentille ?
– Je suis en terminale, papa.
– Ah bon ? Déjà ?
– Très drôle. »
Je pourrais être tentée de lui répondre que oui, elle est gentille, la maîtresse, et lui apprendre au passage que je lui ai fait un joli dessin pour qu'il le mette dans son bureau. Il ne relève pas l'ironie, mon père, il est né sans cette option. Ça sert à quoi d'avoir fait l'École Normale pour être à ce point à côté de la plaque ? Dans ces conversations matinales préscolaires, j'ai toujours cette envie de claquer la portière de la Chrysler en criant « Adieu, je m'en vais », et m'enfuir. Mais pour aller où ? Je n'en sais rien. S'enfuir pour aller nulle part, ça n'a aucun sens. Je calme ma joie et je reste assise.

Et rentrer dans cette école de merde. Monter les escaliers délabrés pour construire son avenir. Le surveillant-qui-fait-peur me voit marcher doucement vers ma classe. Il hurle jamais sur moi comme il le fait sur les autres. J'ai toujours droit au gentil soupir indulgent, moi. Mais quand c'est quelqu'un d'autre qui est en retard, il devient tout rouge, il transpire et il crie très fort. J'ai toujours eu peur des gens qui crient alors j'ai toujours été très sage. C'est peut-être pour ça que les profs, les surveillants et tout ces gens qui dorment dans les écoles et qu'on sort d'un placard le matin pour les élèves, ils m'ont toujours appréciée, ou juste foutu la paix.

Salle de classe. Je voudrais en prendre un pour taper sur l'autre. Il y a, comme dans toute école privée j'imagine, les pétasses arrogantes qui forment une grappe, des fois que la copine blonde se trouve trop loin de la copine brune, leur arrogance à peine dissimulée sous une triple couche de fond de teint, celles qui pouffent de rire entre elles ; il leur en faut très peu, en général. Elles ont de la chance, de s'amuser d'un rien. Il y a aussi les abrutis avachis : huit heures du matin, déjà défoncés. J'ai toujours détesté les invertébrés. Près du premier rang, les champions du fayotage, assis à côté de leur insatiable soif d'apprendre, leur seule camarade de classe, pour être honnête. Au milieu de la salle, deux ou trois élèves standards, natures, comme ça, pas définis, pas coloriés. Il en faut bien.

Le prof fait son métier : il parle et postillonne. Il me fait un peu de peine parce que personne ne l'écoute. Mais pas trop de peine quand même parce qu'il est absorbé par ses propres paroles et ça a l'air de bien lui plaire. Il se fait un cours tout seul.

Les murs gris de la salle n'ont qu'un point de lumière passant au travers d'une fenêtre fermée, d'où on n'a même pas le droit de voir le ciel. C'est ce que j'appelle des fenêtres-brouillard, celles dont les vitres sont si épaisses que l'on devine à peine s'il fait nuit ou jour. Elle reste désespérément fermée, ne laissant jamais entrer le ciel, ne laissant jamais deviner le temps, une fenêtre par laquelle rien ne passe, n'est jamais passé ni ne passera. Ni heure, ni bruit, ni vent. Finalement moi aussi, je m'avachis. Je flotte. La salle n'est plus au quatrième étage. C'est une petite pièce dans une petite maison. Derrière la porte, un couloir sans fenêtre. Et quand je franchirai la dernière porte, tout sera blanc. Des collines blanches jusqu'à la fin du monde. Des tornades de flocons glacés. Je marche dans la neige.

« Margot, tu as des ciseaux ?
- Quoi ?

- Des ciseaux. T'en as pas ?
- Non, je n'ai pas de ciseaux. »

La conne qui m'a réveillée... Comment elle s'est débrouillée pour avoir besoin de ciseaux en cours de philo ? Depuis quand on fait du découpage, en philo ? J'ai pas de ciseaux, non. J'ai oublié mes affaires. J'ai tout oublié. J'ai rien oublié. Et puis merde, j'en sais rien, moi, de ce que j'ai oublié ou pas ! J'en ai marre, moi, de tout, de moi. Je m'en veux de pas leur ressembler, à n'importe quel abruti assis dans cette salle, n'importe quel abruti parce qu'il sait où il va ; ou n'importe quel abruti parce qu'il ne sait pas où il va mais que ça ne le dérange pas plus que ça. Une larme. Deux. Une avalanche de perles salées, j'ai pleuré dans ma main. Personne ne l'a vu. J'ai vite tout essuyé. Je sais bien pleurer en loucedé. Je me dis que je vais crever de solitude. Je suis née avec.

Puis la cloche qui sonne. Tout le monde qui se lève, se bouscule, se marche dessus et s'écrabouille mutuellement contre les tables et les murs. Ridicule. Je dois vite essuyer ce qu'il reste de larmes parce que c'est l'heure. Je voudrais pas qu'on sache que je pleure. Même pas qu'on sache que je sais pleurer.

J'atterris enfin sur ce trottoir brumeux. Ce trottoir-de-tous-les-matins. Ce trottoir où la foule se disperse peu à peu après l'avoir maculé de mégots, chewing-gums, crachats et autres trucs dégueulasses. Je suis sortie en retard et je me demande pourquoi. Et je suis la seule à être seule. Les autres sont en petits groupes, rient fort ou parlent bas, peu importe. Je ne les intéresse pas. M'intéressent-ils ? Je ne sais pas. Je fume ma cigarette au milieu du trottoir, immobile, seule et tellement, tellement invisible. Alors je me console en décidant de pas aller en cours cet après-midi. De toute façon j'ai qu'une heure d'italien et je le parle couramment. Ça sert à ça, les langues, à sécher les cours. J'irai me promener tout l'après-midi, sans doute.

Un gars est seul, assis sur son scooter. Je me demande pourquoi on se regarde. Et pourquoi il se lève. Et pourquoi, et pourquoi...

« Bonjour Margot. »
Mes yeux s'écarquillent. Je m'arrête brusquement. Je sais qu'il est dans le lycée, mais pas dans ma classe. Alors comment connait-il mon nom ?
« Salut, euh...
- Julien.
- Julien ?
- Oui, c'est ça.
- ...
- Tu vas bien ?
- Euh... Oui, ça va...
- T'as des petits yeux.
- Ah, c'est possible... »
Je sais vraiment pas quoi lui répondre, moi. C'est tellement inattendu, d'abord, tellement rare que quelqu'un me parle. Silence. Je regarde par terre parce que c'est plus pratique mais je sais qu'il me regarde, tandis que mes yeux vont du trottoir aux voitures, des voitures au trottoir, du trottoir à la brume, de la brume à l'incohérence, et de l'incohérence à ses yeux... Il sourit.

« Tu déjeunes où, ce midi ?
- Je... je rentre chez moi.
- Tu veux qu'on déjeune ensemble quelque part ? T'as l'air perdu...
- Euh... Non merci. Je peux pas... Ma mère m'attend et... et voilà. »

J'ai l'air con là. Je sais pas si c'est ça qui le fait sourire encore plus. Je sais pas comment je dois le prendre, les relations humaines, la vie sociale, tout ça, c'est pas tellement mon truc.

« Bon alors tant pis. Mais on pourrait déjeuner ensemble un de ces jours, si ça te dit ?
- Oui, peut-être. »

Il sort son téléphone portable et me demande mon numéro. Je lui donne. Il fronce les sourcils, il a l'air étonné :

« Margot... hum... Il a vraiment quatorze chiffres, ton numéro ?
- Bah...non. »

Morte de honte, je le lui redonne avec dix chiffres. Il dit que c'est mieux comme ça et moi j'ai simplement envie d'aller m'enterrer. Faut couper court. Je trépigne. Comme si j'avais envie de pisser.

« Je dois y aller.
- Ok, salut Margot.
- Salut... »

Je me détourne et marche vite, vite, vite. Assez vite pour sentir le froid mordre mon visage, pour croire que ce qui vient de se passer ne sort pas de mon imagination. Assez vite pour croire en quelque chose. Je ne comprends plus rien. On m'a parlé. À moi. On m'a souri. Peut-être bien que j'existe pour de vrai, finalement. Que je vis pas dans un univers parallèle où seuls mes parents, les profs et les gens chiants peuvent me voir.

Le métro est vide. J'en profite pour mettre les pieds sur le siège avant. C'est con et ça sert à rien mais j'adore le faire. Je réfléchis. J'essaye de le situer au milieu des élèves et c'est de cette façon que je pense à lui pour la première fois. Il n'est pas dans ma classe, il a l'air très sûr de lui. Il y a toujours du monde autour de lui. Oui, c'est ça. Tellement de monde qu'on dirait qu'il le fait exprès pour se cacher. Derrière, des gens qui eux aussi ont l'air sûr d'eux. Des garçons aux cheveux pleins de gel, des filles aux visages maculés de fond de teint. Des gens qui parlent fort, qui rient fort et parlent d'eux encore plus fort pour prouver que leur vie est bien plus intéressante que celle des autres. Des garçons qui remettent sans arrêt leur coiffure en place. Des filles qui gloussent derrière un rideau de cheveux. Alors pourquoi moi, maintenant ? Je ne ressemble en rien à tout ça. Peut-être qu'il le sait déjà.

Téléphone. Ce doit être ma mère. Je décroche. C'est lui. Surprise et gênée, je déglutis en silence.

« Pourquoi t'es pas venue en cours cet après-midi ? » Vite, il faut trouver une réponse valable.

« J'étais fatiguée, j'avais pas envie de venir...
- Ah bon, quand tu n'as pas envie d'aller en cours, tu n'y vas pas ! T'es comme ça toi ! Et ils ne disent rien tes parents ?
- Non, je pense que je suis assez grande pour savoir ce que j'ai à faire. Je pense pas qu'ils le remarquent.
- T'as de la chance.
- ...
- Tu fais quoi mercredi ?
- Rien. Mercredi ? Je sais pas.
- Tu voudrais qu'on prenne un café ensemble ?
- Si tu veux.
- Alors on se donne rendez-vous devant le lycée à deux heures, d'accord ?
- D'accord. »

On se dit au revoir et on raccroche. Son numéro s'affiche sur l'écran de mon portable. Comment je fais déjà pour l'enregistrer ? J'y suis :

entrez un nom. Julien. Enregistré. Voilà. Je consulte mon répertoire qui contient à présent treize numéros : la maison, les parents, les grands-parents, la maison de campagne, un oncle et deux tantes, un cousin, Déborah, une fille de la classe qui me passe ses cours quand je sèche, la concierge. Et Julien. Un répertoire modeste, mais un répertoire un peu comme les autres, avec ses éphémères et ses valeurs sûres. Je deviens une grande personne normale, on dirait. Je me demande ce qu'il me veut. Qu'est-ce qu'il va penser de moi si je n'ai rien à raconter ?

***

Mercredi. Il fait froid. Il fait toujours froid le mercredi. Je déjeune seule dans la cuisine. J'ai essayé de manger un peu. Je fume en regardant distraitement les informations. Mes yeux reviennent toujours à ma montre. Je voudrais pouvoir faire défiler le temps par la seule force de ma pensée. J'attends l'heure du rendez-vous mais elle ne vient pas. Comme si les aiguilles marchaient à reculons quand je ne les regarde pas.

J'éteins la télévision. Angoisse. Silence dans la maison. Octave saute de la chaise pour s'enfuir je ne sais où, me laissant seule. Seule avec le bruit de la pluie ruisselant sur les vitres de la cuisine. Et je me fige dans ce silence comme je me fige dans tous les silences. Ce silence que je paye très cher et que j'ai pas demandé. Ce silence qui voudrait me rendre folle. Mon cœur bat. Il faut le rompre. Le rompre tout de suite. Je me lève brusquement, ma chaise tombe, je rallume la télévision. Je ramasse la chaise et m'assieds, feignant d'être hypnotisée par l'écran pour narguer ce silence qui m'observe, tapi dans l'ombre d'un recoin sombre. Comme pour lui montrer que je suis plus forte que lui. Pour lui faire croire qu'il ne me fait pas peur. Pour lui dire à travers les mots de mon propre silence qu'il ne m'aura jamais. J'aime le silence des mots, il ne me dérange pas. Mais ce silence-là, celui qui m'enveloppe de son épais brouillard, sans jour ni nuit, sans rien, sans une vie pour m'échapper, sans rien qui puisse me sortir de cette transe, celui-là, je le hais. Il cherche à m'envahir, à me rendre folle. Il me suit partout, ce silence-menace, tapi à chaque refuge sans lumière, espérant me dérober au détour d'une rue, qu'importe l'endroit où mon ombre passe, juste un instant volé de ma vie.

Et j'attends mais je sais qu'il me guette, s'apprêtant à bourdonner dans mes oreilles. Je ressens sa présence à mesure que j'essaye de l'oublier. Puis, peu à peu, égrenant cette angoisse devenue simple tourment de ma pensée, un parasite dans ma tête, je me laisse prendre au cœur de l'histoire. C'est « La petite maison dans la prairie ». Je m'échappe sans y penser et d'une façon idiote, mais le silence ne semble plus s'obstiner à m'observer. Découragé, il s'en est allé avec la rage de se venger sur ma faiblesse, quand il me retrouvera. Ou quand moi, j'aurai retrouvé son amie, ma vulnérabilité.

Je suis prise par le film mais Octave bondit de la table, je suis sûre qu'il l'a fait exprès pour me troubler. Je lui en veux et regarde ma montre. Il est deux heures moins le quart et je suis déjà en retard. J'attrape rapidement mon sac. Je ne sais pas à quoi il va me servir, mais je le prends quand même. Ça fait bien d'avoir un sac, plus il est rempli, plus on peut donner l'impression de faire quelque chose de sa vie. Mon visage est tellement dépouillé qu'un sac bien rempli sur mon épaule pourrait me donner un semblant de rigueur, celle que je n'ai jamais eue, pour rien.

Coincée dans le métro bondé, prise au piège jusqu'à la nausée dans la pâte humaine, j'essaye de me réinventer pour Julien. Parce qu'il va penser quoi, s'il se rend compte que je n'ai rien d'intéressant ? J'ai l'impression qu'ils sont tous laids, les gens dans le métro. Je me regarde dans la vitre noire et constate que la nature m'a quand même pas trop mal réussie, quoi que j'en pense. Mon reflet reste immobile parmi un flux de têtes, de mains sales qui s'accrochent frénétiquement partout, de corps camouflés sous de gros manteaux de novembre. Je me dis que ça c'est peut-être bien, d'accord, mais c'est juste de l'apparence. Bon, sinon, ma vie, on fera comme si elle était comme ça : J'ai plein d'amis mais ils sont cachés. Non j'ai pas d'amis au lycée parce que j'en ai déjà trop, en dehors. J'ai une vraie vie géniale. Je voyage tout le temps. Mes parents sont des hippies, hum, nan, des communistes, peut-être. Non, ça va pas ça... Qu'est-ce qu'on va en faire, des parents ? Mon père sera Patrick Poivre d'Arvor ! Non, on n'a pas le même nom... Ah ça y est ! Mon père est un héros de la Résistance ! Super classe ! Oui oui il est très vieux, il m'a eue très tard mais il vit encore. Et ma mère sera une star internationale mais pas trop connue quand même. Merde, j'ai pas d'idée pour maman. En même temps, elle est vraiment bien, maman, j'ai pas besoin de la changer, c'est stupide.

Je débarque enfin à bord du trottoir-de-tous-les-matins. Attention, c'est moi, Margot, avec une pancarte j'ai-une-vie-géniale et tout. Mais à mesure que j'avance ma vision se trouble d'anxiété. Et puis, je cherche Julien, aussi. Est-ce que je me rappelle au moins à quoi il ressemble ? Panique, j'ai oublié son visage. Non, il va m'en vouloir... « Margot ? » Une voix me semble venir de loin. Mais pourtant il est là, assis à deux mètres de moi. Ses traits m'agressent, on dirait qu'il a changé de visage depuis hier. Non, c'est moi qui divague. Il se lève pour m'embrasser comme font les autres, tous les matins. C'est drôle, il fait ça sans y penser tandis que je m'y applique, je n'ai pas l'habitude. J'ai de la chance, à Paris, on en fait deux. En province, j'en ai vu qui s'en faisaient trois ou quatre. Ils en ont, du temps à tuer. Pourquoi pas vingt-neuf ? En attendant, j'ai perdu ma pancarte...

« Tu vas bien ?
- Oui, merci.
- Bon, tu veux aller dans un endroit précis ?
- Non.
- D'accord. C'est moi qui décide alors, on y va ?
- Oui... »

Elles sont bien, mes réponses en trois lettres. On marche sans parler. J'ai peur de moi, de ma bêtise. Il faut parler sans arrêt pour se rendre intéressant, pourtant. Et je pensais que lui pouvait m'en protéger mais le silence est tombé entre nous, paf, comme ça, avec un bruit de silence. Un vrai bruit de silence qui tombe. Je ne sais pas où il m'emmène. Je regarde le trottoir gris qui défile devant moi de rue en rue. C'est tout. « C'est là. » Et il pousse la vitre froide d'un vieux café. Je le suis. J'adore ce genre de cafés. J'ai l'impression de remonter le temps, non, il n'y a même plus de temps, dans les endroits comme ça. On s'installe dans un coin. Silence. Encore silence. Toujours silence. Il me regarde. J'ose pas lever les yeux. Je sais pas ce qu'il fait, lui. Je frissonne. Il faut que je trouve quelque chose à dire mais je suis bloquée.

« T'es nouvelle depuis cette année, non ?
- Oui...
- Et alors, ça te plaît ?

- Non.
- Je m'en doutais, t'as jamais vraiment l'air enthousiaste, je le vois à ton visage quand tu traverses les couloirs.
- Ah oui ?
- Ça saute aux yeux, Margot.
- Je suis toujours comme ça, enfin... Mais oui, c'est vrai que je n'aime pas venir en cours.
- Et pourquoi ?
- Ça m'ennuie.
- Je comprends, mais il a l'air d'y avoir une bonne ambiance dans ta classe, t'aimes pas les élèves ?
- Je ne leur parle pas.
- Pourquoi ?
- Je sais pas.
- Tu attends peut-être qu'ils viennent te parler ?
- Oui. Euh, non... Mais ils ne le font pas... Peut-être... Je m'en fous.
- Bon, je comprends que les filles ne te parlent pas ; mais les garçons... enfin oui, c'est pareil... »

Je me suis redressée d'un bond, d'un coup je réagis. Elle était violente, cette phrase. Elle m'a fait mal aux oreilles, je voudrais le secouer pour avoir la réponse. Réflexe animal face à la douleur, je sais pas. Mais le demander sous forme de question, c'est aussi bien.

« Et pourquoi les filles ne voudraient pas me parler ?
- Tu t'en doutes pas ?
- Mais non !
- Ça crève les yeux : elles sont jalouses. »

Jalouses ? De quoi ? De moi ? La bonne blague. Elles ont tout ce qui leur faut, des copines, des cheveux coiffés, des tas d'accessoires qui servent à rien, des vraies vies, elles rient comme des baleines toute la journée et moi je me balade avec une tronche d'enterrement. Et elles fument des Marlboro Light. Moi j'ai jamais pu, je trouve ça dégueulasse.

« Mais jalouses de quoi ?
- Mais parce que tu es de loin la plus jolie. Et le pire, Margot, le pire, c'est que tu ne le sais pas. Alors elles ne vont pas venir jouer les copines et te prêter leur trousse à maquillage. Tu leur fais déjà de l'ombre, pas la peine d'en rajouter. Les filles sont plus mesquines que nous quand elles ont des rivales. Je connais certaines filles de ta classe et je peux te dire qu'elles te méprisent cordialement. Elles te trouvent snob. Remarque, tu l'es d'une certaine manière. »

J'ai le nez qui pique. Envie de pleurer. J'ai rien fait à personne. Non, je ne comprends pas. Ça me dépasse. Qu'on puisse mépriser quelqu'un qui se tait. J'étais prête à entendre du tout et du n'importe quoi, mais ça... Il semble surpris de mon air ahuri mais ne dit rien. Moi non plus. Je sors une cigarette. Il regarde mes mains et une flamme surgit devant moi alors que je lève les yeux, la tige dans la bouche. Je suis tellement triste que je suis même pas contente de l'avoir mise à l'endroit, ma cigarette.

« Et les garçons n'osent pas venir vers toi parce que tu leur fais peur. Ça se la joue mais c'est des gosses. C'est pour ça qu'ils se rabattent sur ces petites connes qui t'ignorent.
- D'accord. »

Je rajoute pour moi que je n'ai rien compris, mais d'accord quand même. Il a l'air si sûr de lui que je ne vais pas aller le contredire.

« Et Déborah ? Elle ne m'aime pas, elle non plus ?
- Déborah ?
- Oui, il y a une Déborah dans ma classe. Elle est gentille, elle me passe souvent ses cours quand je suis absente. J'ai même son numéro dans mon portable, regarde. Une brune avec de longs cheveux courts. Tu vois pas ?
- Ahahah ! ... Je sais pas, je la connais pas.

Probablement qu'elle t'aime bien, oui.
- Tu crois ?
- Sûrement... »

Je comprends pas ce qui l'a fait rire. Ça m'embêterait qu'elle me trouve snob, Déborah. Parce que j'aime bien cette fille. Elle se marre pas pour rien, elle rit même pas aux blagues des autres. Elle les trouve cons et c'est écrit en gros sur son front.

J'essaye de ravaler la boule qui grossit dans ma gorge pendant que le silence passe à notre table pour voir si tout se passe bien. Tout va comme vous voulez ? Merci Chef, c'est parfait. Il me regarde. Pas le silence, Julien. J'ose pas faire pareil, mais je devine son regard, son sourire et toute la malice naturelle qu'il y a dedans.

Il attend que je parle. Je le sais. Comment je le sais ? Justement, c'est la question que je me pose. Alors je prends mon inspiration, pose une question dont je ne prends conscience de la stupide platitude qu'une fois l'avoir prononcée. Trop tard. « À part ça, tu fais quoi dans la vie ? À part les cours, je veux dire. » Contrairement aux reproches que je m'adressais déjà, c'était une très bonne question. Il parle, parle et parle. Les gens aiment bien parler de leur vie, ils ont tous plus ou moins la certitude d'être intéressants. Mais lui, il m'intéresse. J'absorbe des morceaux de sa vie comme une éponge. Je pose des petites questions de temps en temps et je trouve que je m'en sors très bien, que j'ai bien des capacités sociales cachées quelque part. Beaucoup de choses y passent. L'école de commerce où il veut aller, ses vacances de la côte d'Azur à Los Angeles, ses innombrables connaissances, les heures de colle à répétition auxquelles il ne va jamais, les boîtes de nuit qu'il fréquente avec frénésie, l'énumération des écoles, collèges et lycées qu'il a fréquentés jusqu'à atterrir en même temps que moi dans celui où nous sommes - je n'aurais jamais cru que lui aussi était nouveau -, sa passion pour le poker, pour l'art, le piano et j'en oublie... Trop d'un coup pour moi. Ma mémoire s'habitue à ses traits, j'essaye d'infiltrer son visage dans mes yeux pour ne pas l'oublier. Il est beau, son visage. Il me rappelle quelque chose que j'avais vu sur un tableau, une peinture représentant David tenant la tête de Goliath par les cheveux, une épée à la main.

« Et toi alors ? »

Je ne m'y attendais pas non plus à celle-là. Il faut trouver quelque chose à dire, mais dire la vérité. Tant pis pour la super vie. Tant pis pour les mensonges. Je suis nulle en mensonges de toute façon.

« En fait, j'attends de passer mon bac et après j'aviserai parce que je ne sais pas encore ce que je veux faire, mais mes parents pensent que je devrais faire une fac de lettres, et puis... » À mon tour, stupéfaite, je parle, et n'en finis plus de parler. Je dérive sur les auteurs que j'aime lire, les films que je vais voir, mon parcours scolaire, les endroits où je passe mes vacances. Tout ça est bien moins rock'n'roll que ce qu'il me dit de lui. Mais je n'arrête plus. J'ai l'impression de me découvrir en même temps que lui. Je suis à bout de souffle ; je m'arrête, à cours de salive. Ça l'amuse, lui. J'ai l'impression de l'avoir intéressé. Mais on ne parle plus. Est-ce que l'on s'est tout dit ? Je ne l'ai jamais regardé pendant que je lui parlais. Lui ne m'a pas quittée des yeux. J'ai jamais su, moi, regarder les gens dans les yeux. On va se lever et se dire adieu. Si je suis, s'il est à court de paroles. Alors je ne pourrai plus jamais lui parler, alors que c'était si facile ? Je risque un coup d'œil, je le regarde ouvrir la bouche pour esquisser une phrase mais son portable sonne. Il dit des pourquoi, des ah bon, des pardon, des j'arrive et il raccroche.

« Excuse-moi, c'était un ami que je devais voir à cinq heures et demie, il est six heures moins vingt.
- Quoi ? Déjà ?
- Oui, déjà. Ça passe vite.
- Oui... »

Il pose un billet sur la table et on sort. Ce que je me demande, c'est si on s'est arrêté de parler, peut-être qu'on ne se reverra jamais. Je m'en foutais il y a quelques heures, avant que je ne le retrouve en sortant du métro, mais maintenant, ça m'ennuierait. Arrivés devant le lycée, il pose une main sur son scooter.

« Bon, Margot, on se revoit demain, sauf si tu as un coup de fatigue, et de toute façon, je t'appelle, d'accord ?
- D'accord, salut... »

Il chevauche son engin qui se met à vibrer, pose son casque sur sa tête et me fait un clin d'œil avant de partir comme une flèche. Je reste plantée là, complètement débile, puis doucement j'emprunte le chemin de chez moi sans y penser, la tête pleine de cet après-midi. On a encore des choses à dire, alors. Ma tête se vide et tout est flou. Mon reflet m'apparaît dans la vitre du métro, je me rends compte que je souris toute seule.

Ascenseur. Clé. Salon vide. Parfois j'achèterais bien, je sais pas, des gens, peut-être, pour le remplir. Le chat semble m'en vouloir. Je l'attrape à deux mains, je veux lui dire que je l'aime toujours mais il se débat et s'enfuit. J'ai faim. Vraiment faim pour une fois. Je me prépare le sandwich au beurre de cacahuète que je jalouse immanquablement aux teenagers de romans américains qui s'en envoient des kilotonnes sous mes yeux ; ils me narguent, je ne suis qu'une pauvre lectrice. Je le mange en marchant dans l'appartement. Je suis seule et j'ai pas peur.

Ma mère rentre, essoufflée, des sacs plein les mains. Marni, Chanel, Le Bon Marché, Bonpoint ; je comprends qu'elle soit fatiguée, les magasins n'étant pas géographiquement tout près les uns des autres, elle a dû faire du trajet. Et garer une Cherokee dans Paris n'est pas une mince affaire...
« Maman tu sais quoi ?
- Quoi mon chat ? »
Mais elle s'engouffre déjà dans le couloir sans attendre la réponse. On est mercredi et c'est le soir où elle sort dîner avec ses amies. Elle est partie se préparer et je sais qu'elle en a pour un moment. Mais ce n'est pas grave, je l'attends, assise par terre à côté du chat devant la porte de la salle de bain. Oui, c'est long. Elle finit par sortir. J'ouvre à peine la bouche, elle n'a pas eu le temps de le voir : « Bon je me dépêche, je suis en retard, ton père est à Rome ce soir. Tu as tout ce qu'il te faut dans le frigidaire, je t'ai acheté du chocolat aussi. » Elle m'embrasse à la sauvette et s'enfuit en laissant une traînée de Champ d'Arôme derrière elle, claquant la porte à laquelle désormais s'adresse une petite voix : « Maman, je me suis fait un ami aujourd'hui, enfin je crois... »

***

Trottoirs gris, murs gris, silence gris. Lycée. Je voudrais avoir les yeux pleins de couleurs pour tout peindre, ce matin. Pour une fois, je ne suis pas en retard. Je suis même en avance. Perchée sur mes jambes engourdies. La cloche sonne. Je jette mes affaires dans mon sac et dévale les quatre étages. Trottoir, cigarette, attente. Je vais pouvoir parler à quelqu'un à la sortie de l'école. Comme les autres. Je voudrais que tout le monde me voit. Regardez : je ne suis pas toute seule tout le temps. J'essaye de l'apercevoir dans les tas d'élèves. Je guette. Parce que j'ai envie de dire bonjour à quelqu'un ce matin, et j'ai la possibilité de le dire à celui à qui j'ai dit au revoir hier. Je sens mes jambes remuer d'impatience. Bon, encore une minute et demie. Une minute. Trente secondes. C'est fini. Tant pis, il est pas là, je m'en vais.

Puis une main se pose sur mon épaule. Je me détourne violemment parce que je déteste qu'on me touche. C'est lui, il me sourit en fronçant les sourcils, apparemment étonné de ma réaction brutale.

« Mon Dieu ! Excuse-moi, je ne savais pas que c'était toi, je suis désolée !
- T'excuse pas, c'est rien... Ça va à part ça ?
- Bien oui, et toi ?
- Oui. C'était bien les cours ?
- Oui. »

Quoi ? Je rêve ou j'ai répondu oui ? Je n'en crois pas mes oreilles. Enfin oui, c'était bien. Je n'ai rien écouté mais c'était bien. Il me regarde me tordre les mains.

« Tu fais quelque chose demain soir ?
- Comment ça ?
- Ben, je sais pas, tu sors, tu vas quelque part, tu vois des amis ? »

Des amis ? Sortir ? Il sait pas de quoi il me parle lui ! Mes vendredis soir se résument à sortir un livre de mes étagères, ou à voir un film ou deux au cinéma, seule.

« Non, rien de particulier.
- Tu veux qu'on se voit ?
- Où ?
- Où tu veux.
- Je sais pas...

- On peut aller faire un tour.
- Oui... Quand ?
- Quand tu veux.
- Euh... À huit heures ? Huit heures, c'est bien.
- Parfait. Je passe te prendre en scooter, envoie-moi un message avec ton adresse.
- D'accord.
- Salut Margot.
- À demain. »

Il est huit heures et mes parents ne sont toujours pas là. J'attendais bêtement qu'ils reviennent quand j'ai trouvé le mot que ma mère m'a laissé dans la cuisine : « Mon chat, nous sommes partis à la campagne, nous rentrerons dimanche soir. Appelle-moi quand tu veux. Je t'embrasse. Ta maman. » Ah d'accord ! Ils me laissent toute seule. Ils auraient pu me prévenir. C'est dégueulasse. Et si je tombe malade, s'il m'arrive quelque chose ? Je lui en veux. Tant pis, je ne l'appelle pas.

Et je m'énerve, même. Je vais dans ma chambre chercher un paquet de Camel et dans la cuisine une canette de bière pour m'installer dans le salon. Télévision, publicité : shampoing antipelliculaire, déodorant pour la couche d'ozone, couches active-feet, vernis à ongles longue durée et séchage rapide... Puis informations : farines animales, OGM, affaire de pédophilie, la suite, disparition d'un petit garçon, fête folklorique dans le Massif Central. Ma canette est déjà vide et je fume clope sur clope. Trois gorgées d'une seconde canette, une clope, six gorgées, deux clopes, une dernière et la fin du paquet. J'ai jamais été douée pour les maths mais je me dis que c'est un phénomène exponentiel. Je titube légèrement jusqu'à ma chambre, cinq pas en avant, trois pas en arrière, c'est fou comme ça va vite. Je me casse la gueule deux fois avant d'atterrir sur mon lit et de m'endormir toute habillée.

***

Vendredi après-midi et des heures qui passent. Je travaille assidûment, cahiers, manuels, autres livres et feuilles volantes étalés sur mon bureau. Un coup d'œil par la fenêtre et le ciel est devenu terne. Merde. J'avais oublié Julien. Mais il n'est que cinq heures. En faisant couler mon bain, j'observe mon visage au-dessus du lavabo. On dirait qu'on m'a sortie de ma tombe pour que je prenne l'air.

Le problème, c'est quand j'ouvre l'armoire et me surprends à vouloir bien m'habiller. Pour la première fois de ma vie, je ne sais pas quoi me mettre. Prise d'une folie que d'autres filles connaissent sans doute mieux que moi, je vide toute l'armoire, étale tous mes pulls, balance toutes mes chaussures, mes pantalons ; ma chambre est devenue une chaîne de montagnes vestimentaire dans laquelle je suis perdue. Je regarde chaque vêtement, le touche, le détaille comme si je ne l'avais jamais vu. Souci de coquetterie ou simple convenance, j'essaye au moins trente-six combinaisons. Il est sept heures, j'ai fait mon choix. Veste en cuir noire, pull noir, jean noir, baskets noires, parce que viens de me rendre compte que finalement, toute ma garde-robe était noire. Je me regarde longtemps dans la glace mais j'ai pas d'avis, je sais même pas pourquoi je fais ça. Mes cheveux ont fini de sécher et ne sont que des paquets de nœuds. Tant pis, j'ai pas le temps, j'ai qu'à les attacher.

C'est la première fois que je chevauche un deux-roues, c'est génial mais j'ai les yeux qui pleurent à cause du vent. Du coup, avec les larmes je vois un peu flou. Ça m'impressionne. On va vite, très vite. C'est encore mieux que de boire de la bière, ça m'étourdit plus. Trocadéro. On se gare sur la place. J'ai du mal à défaire mon casque, je me débats le plus discrètement possible avec le truc sur lequel il faut appuyer, il l'a vu et vient m'en débarrasser en moins de deux secondes.

« Qu'est-ce qu'on fait ?
- Un tour, répond-t-il simplement. »

Je le suis. C'est bizarre parce qu'en général, les gens qui marchent côte à côte se parlent mais nous, jamais. Enfin bon. Lente descente des grands escaliers. Vers le milieu des marches, il s'arrête. On s'assied là. Il fait nuit, il fait froid, quelques touristes se promènent, c'est tout.

« Ça va, tu n'as pas froid ?
- Non, ça va.
- Qu'est-ce que tu as fait aujourd'hui ?
- Je me suis réveillée en retard, j'ai eu deux heures de philo, je suis rentrée et j'ai décidé de rattraper mon retard de la semaine et de prendre de l'avance ; j'ai décidé d'arrêter de sécher par la même occasion.
- Bonne idée. T'es pas si rebelle que ça finalement, tu es une fille sage.
- Faut croire...
- Tu as eu le temps de dîner au fait ?
- Non.
- Pourquoi ?
- J'avais le temps, mais j'ai oublié.
- Oublié ?
- Oui. Mes parents sont partis à la campagne. Quand ils sont pas là, j'oublie de dîner.
- Ah tu es toute seule, tu fais la fête chez toi ?
- La quoi ?
- La fête, je sais pas, t'invites pas des amis quand tu as l'appartement pour toi toute seule ?

- Non.
- Remarquablement sage !
- C'est pas vraiment ça, enfin, je sais pas... J'ai pas l'habitude de... faire la fête. J'ai pas l'occasion, c'est tout.
- Mais tu fais quoi de ton temps libre ?
- Bah... plein de trucs...
- Mais encore ?
- Des tas de choses, en fait. Mais pas la fête.
- C'est bien pour ça que je ne t'ai pas proposé d'aller en boîte, je me disais bien que ça devait pas être ton genre.
- C'est vrai. Tu y vas tous les week-ends, dans les boîtes ?
- Tous les week-ends oui. Souvent la semaine, aussi.
- Tu vas y aller tout à l'heure ?
- Probablement, je ne sais pas encore. Mais ce soir je préférais te voir.
- ... C'est gentil. »

Il sort un sachet d'herbe de sa poche et prépare un joint. Je le regarde faire. J'ai jamais vu personne faire ça. Il l'allume, fume lentement en fixant la Tour Eiffel illuminée. Je le regarde quand il ne le sait pas. Parce que j'ai un ami. Ça m'arrive pas tous les jours, autant m'en mettre plein la vue. Ce n'est que lorsqu'il le rallume qu'il retrouve la parole. Il me demande quels sont les « trucs » que je fais durant mon temps libre. Je lui fais remarquer que la Tour Eiffel clignote pour pas avoir à répondre. Il me dit que oui, la Tour Eiffel, il l'a vue, qu'elle est très jolie, et il me repose la même question. Je soupire pour maquiller un temps de réflexion, puis je lui fais une liste de librairies, de salles de cinéma, de musées et d'écrivains. Je sursaute quand il m'annonce qu'il ne sait pas qui est Stephen King. Alors je lui fais un cours. Mais pas comme les profs, sans parler fort, ni postillonner, ni transpirer dans mon pull, ni mettre des heures de colle. C'est la première fois que j'apprends quelque chose à quelqu'un. Je me dis que j'aurais dû parler d'un autre auteur, du coup, pas de quelqu'un qui donne des cauchemars à toute la planète. Enfin c'est trop tard.

On parle doucement. Je ne sais pas ce qu'on dit car la fatigue m'enveloppe peu à peu. Les heures passent et passent. Je ne sais plus ce que je dis, d'ailleurs, je sais que je dis n'importe quoi. Ma tête est posée sur son épaule et je ne sais même pas comment elle est arrivée là, je crois que c'est lui qui l'a mise là. Lui, resté assis, continue sa contemplation qui va de la Tour Eiffel à mes doigts croisés entre mes genoux, et de mes doigts à la Tour Eiffel.

Le temps passe, on ne le remarque pas réellement.

Des clochards passent aussi et eux, en revanche, on les voit. Une vingtaine de marches plus bas, un homme sale et ivre se promène en titubant, brandissant sa canette de bière en notre direction pour nous porter un toast avant de se mettre à chanter pour nous d'une voix éthylique, savourant visiblement chaque parole et rotant pour marquer la mesure : « Je voulais te dire que je t'attends, si tu savais comme je t'attends, je t'attends, je t'attends tout le temps, ce soir, demain, n'importe quand... »

Julien glisse quelques mots à mon oreille et j'étouffe un rire. Je sais pas si c'est à cause de ce qu'il m'a dit ou parce que ça m'a chatouillé. J'essaye de me contenir. J'échoue. Ma gorge éclate en portées claires et foudroyantes. Lui rit doucement. Mais je me laisse complètement aller. Parce que je me suis rarement entendue rire aussi fort, aussi nettement, aussi sincèrement. Il y a quelque chose qui est sorti de moi sans prévenir, que je n'ai pas pu contrôler et c'est irrécupérable. Je crois que c'est la première fois. J'explose en moi-même en même temps. Ça me coule à l'intérieur, je le sens et ça me plaît. Quelques minutes passent avant que je ne me calme doucement, trahie toute seule par quelques rechutes. Je ne vaux finalement pas mieux que notre ténor de tout à l'heure, question sonorités involontaires. Epuisée, je soupire quand il repose ma tête sur son épaule.

Puis un autre son se fait entendre. Un bruit sourd. Une cloche, quelque part. Je me mets à les compter tout haut ; un, deux, trois, quatre...

« Merde, dit-il en se redressant.
- Qu'est-ce qu'il y a ? »

J'ai la voix engourdie de sommeil et de rires.

« Rien de grave, mais il est quatre heures du matin.
- C'est pas possible. »

Il allume son téléphone qui commence à cracher des petites sonneries dans tous les sens. Un coup d'œil : dix-sept appels manqués, vingt-trois messages dont douze sur le répondeur. Rien sur le mien. Je me lève en me frottant les yeux et lui suggère en bâillant qu'il est peut-être temps de rentrer. Il acquiesce et se lève à son tour, sans bâiller.

« Tu as loupé ta soirée, non ?
- Non, pourquoi tu dis ça ?
- Excuse-moi, je voulais dire que tu as loupé ta soirée avec tes amis... »

Il ébouriffe mes cheveux en me répondant qu'ils s'en remettront.

Nous redémarrons. L'air pollué de Paris m'enivre. Ça sent le feutre indélébile. La vitesse fait toujours pleurer mes yeux. Je lui dis d'aller encore plus vite, toujours plus vite. Alors on arrive devant chez moi, trop vite.

« Qu'est-ce que tu fais demain soir ?
- Dix-huit ans.
- Pardon ?
- Je fais dix-huit ans.
- Tu veux dire que c'est ton anniversaire à minuit demain ? Enfin, aujourd'hui ? Tu m'embrouilles, toi alors !
- Oui c'est ça, à minuit j'aurai dix-huit ans.
- Mais tu vas pas faire la fête ? Tu es seule chez toi ? Tu vas avoir dix-huit ans toute seule ?
- Non mais mes parents rentreront dimanche, on va sûrement aller dîner quelque part. »

Planté en face de moi, les casques dans les mains, il me considère gravement. Sous ce regard, je me sens soudain coupable d'un crime dont j'ignore l'existence. Je me sens stupide, aussi.

« Je passe te prendre demain à la même heure, tu viens dîner chez moi.
- Ah bon... Je sais pas trop...
- Si, tu sais. Et tu n'as pas le choix, je suis catégorique.
- Ah... Bon d'accord.
- Bonne nuit.
- À demain. »

J'embrasse ses joues froides et je rentre chez moi. Personne. Octave dort. C'est tellement calme que ça fait du bruit. J'enfile un pyjama et tire les rideaux contre le jour qui se lèvera dans quelques heures. Un bout de papier glisse de mon bureau. C'est mon écriture. Il est vieux, ce papier, je dois le déchiffrer : « Il n'y avait pas de fenêtre dans ma cellule. Mais je pouvais voir dehors. Et dehors, c'était du gris. J'étouffe dans cette pièce. Il n'y aucune note, nulle part. C'est du gris, que du gris. Ça a toujours été du gris. Les couleurs me donnent mal au cœur. Je pleure pas parce que je pleure jamais. Je sais pas pleurer. Je suis blanche, aussi blanche que le gris est gris. J'ai jamais vécu que dans le gris. J'aime autant que je méprise cette couleur au visage terne, neigeux, mortuaire. La même couleur que celle d'un garage, la couleur d'un trottoir. Bref, de tout ce qui est triste. De tout ce qui est terne. Et cette lividité m'avale. La pluie m'absorbe. Je suis l'eau qui tombe, qui coule dans le caniveau, qui se noie dans sa matière même, qui se suicide dans ce qu'elle est. Mélange sans mélange, homogène de l'eau comme du gris. Je suis une eau grise. Le sang m'indiffère. Il peut couler, je n'y verrai que du gris. Je suis de l'eau grise. J'ai toujours été de l'eau grise. Je me suis enfermée pour ne jamais mourir. On m'a enfermée à cause de ce que je suis de l'eau grise. J'ai pas de forme. J'ai pas de goût. Je ne sens rien. Y a rien pour moi ni pour les autres. Que ferait-on de l'eau grise ? On la laisse couler. Je n'ai plus de visage puisque je suis liquide. Je suis limpide sans être claire. Fluide, je suis enfermée. Enfermée dans un récipient de ma couleur. Contenue dans quelque chose qui m'ignore. Quelque chose que je ne fais que mouiller. À défaut de pleurer, je me suis trempée entièrement. J'avais besoin de fondre. Disparaître sans mourir. L'eau grise est presque invisible. L'eau grise est insipide. Alors on la laisse couler. On me laisse couler. »

Ça respire la joie de vivre. Je ne me souviens pas l'avoir écrit et ça m'énerve un peu. J'ai pas le droit de tomber sur des trucs pareils après avoir éclaté de rire devant la Tour Eiffel. Alors je jette le papier dans un tiroir. Finalement, le tiroir, je le vide et je fais pareil avec tous les autres. Je pourrai plus jamais dormir maintenant que je sais qu'il y a des trucs tristes dans ma chambre. Alors je vide tout. Je trie tout. Les carnets, les bouts de papier, les dessins.

Je retrouve des dessins de petite fille. Des

dessins standards avec des maisons et des familles devant, sauf que sur ce genre de gribouillages merdiques on trouve toujours un grand soleil. Mais sur mes maisons, sur mes familles, c'est de la pluie. Des feuilles Canson rayées de pluie. Parfois, c'est même de la pluie toute seule. Rien que de la pluie. De la pluie sans maison. De la pluie sans famille. Des pages de pluie. Je savais pourtant les dessiner, les soleils. Je cherche des soleils dans mes affaires. J'en vois aucun.

À la place, une boule au fond d'un tiroir, un papier tout chiffonné. Je le défroisse et m'en souviens. Qu'est ce qui m'avait dissuadé, ce jour-là, de le jeter au fond de la cuvette et de tirer la chasse ? Parce que quand j'étais très petite et que ma mère se fâchait très fort contre moi, j'avais un rituel magique pour qu'elle m'aime à nouveau : je dessinais ma mère sur une feuille de brouillon. Je la faisais grosse et laide, avec une seule dent et un gros bigoudi sur la tête, pour me venger. Puis je chiffonnais méticuleusement le dessin et lorsque la boule était bien compacte, je la jetais dans les toilettes et tirait la chasse en lui souhaitant bonne route. Partie, la méchante maman. Bientôt, elle sera dans la mer. Par miracle, on faisait la paix juste après. Maintenant quand on n'est pas d'accord, je fume une cigarette et elle se fâche.

Un tas de tristesse sur le tapis. Il y aurait de quoi remplir une boîte à chaussures mais ces choses-là, je n'en veux plus. Plus jamais. Alors je saisis le tas de papier et le transporte jusqu'à l'âtre de la cheminée, semant quelques dessins et quelques mots tristes dans le couloir. Demi-tour. Je ramasse tout. Tout sur le bois. Dimanche, on fera du feu. J'aurai dix-huit ans. Maintenant je peux dormir.

***

Sur le scooter, les rues défilent, identiques à celles d'hier. On refait le trajet à l'envers. Mes cheveux s'emmêlent doucement et des pétales s'échappent du bouquet de roses que je coince tant bien que mal entre nous. Je me sens heureuse, peut-être parce qu'on va vite. Si vite que j'oublie tout, que j'ai oublié notre destination, que je n'appréhende plus ce qui m'attend. J'avais une boule dans le ventre. Je déteste aller chez les gens. Je m'y sens mal à l'aise. Même chez ceux que je connais bien. C'est toujours CHEZ EUX, je me sens intruse. Je n'aime vraiment pas ça. Et ses parents seront là, forcément. C'est pour sa mère, le bouquet. Si elle n'est pas là, je lui donnerai, à lui. Mais je n'ai plus le temps de penser, on va trop vite, ça noie tout dans ma tête. Oui, c'est le même chemin qu'hier, sauf qu'au lieu de s'arrêter place du Trocadéro il continue en descendant vers les quais. C'est là qu'on s'arrête. Devant un grand immeuble en pierres de taille, comme le mien. On habite pareil. C'est ce que je me dis jusqu'à ce qu'il ouvre une porte, le grand hall une fois traversé.

C'est immense. Scandaleusement beau et immense. Non, pas beau. Somptueux, pire que chez moi. Mon éducation fait taire sur mon visage toute expression admirative. Je n'étais jamais entrée dans un appartement plus grand que le mien et je pensais qu'on en voyait qu'au cinéma. Julien se tait tout court et se contente de me traîner derrière lui. Tandis que nous traversons un salon dans lequel on pourrait placer trois fois le mien, un homme sort d'une pièce en refermant la porte derrière lui, me regarde et s'approche de moi. Il est très grand, il paraît très fort aussi, il a l'air terriblement fatigué, je lui dis bonsoir, Julien me présente et son père me rétorque d'une voix rauque qu'il est « enchanté ». Les codes de politesse sont parfois absurdes. « Enchanté ». D'accord il l'a dit, enfin, de là à l'être... Il ne donne pourtant pas l'impression de mentir, il me sourit. Gênée, je baisse la tête vers le bouquet de roses que je tiens dans les mains et essaye de m'imaginer ce monsieur en pyjama pour qu'il m'impressionne un peu moins. Je sens Julien regarder son père en pyjama avec insistance, sans dire un mot. J'ai presque envie de rire. Je pense que c'est nerveux, comme quand je gratte les autocollants avec le lapin rose sur les portes du métro, j'ai pas vraiment envie de le décoller, mais je le fais malgré moi. Alors je chasse le pyjama de mon esprit pour pas faire de gaffe. « Ta mère est dans son bureau », dit-il en s'en allant dans une autre pièce, il se retourne avant d'en ouvrir la porte pour me souhaiter une bonne soirée. Je lui souhaite la même chose.

Je continue à suivre Julien qui frappe à une porte que je n'avais pas vue. « Oui ? » Porte ouverte, une femme se lève du canapé où elle lisait et s'approche de nous. Même manège qu'avec le père, sauf que la dame a le sourire plus épanoui et semble venir d'une autre époque, quelque chose dans ses vêtements me donne l'impression d'assister à la pause café d'une comédienne sur un tournage de film d'époque. Cependant, elle ne joue pas. Je lui donne les fleurs et nous ressortons de la pièce. Comme son appartement est plus beau que le mien, j'avais peur que sa mère aussi soit plus belle que la mienne. Mais non, c'est pas le cas, ça va mieux dans ma tête.

C'est fait. Les parents, c'est fait. Du coup, Julien retrouve sa langue :

« Je t'emmène chez moi maintenant.
- Ah ? On n'y est pas déjà ?

- Oui et non. »

Il me fait monter un grand escalier, s'arrête au deuxième étage et ouvre une porte sur un couloir qu'il me fait traverser. J'ai compris, il a un appartement dans son appartement.

Il pose mon manteau sur un canapé et je l'accompagne dans la cuisine. Je m'attendais à un dîner interminable à table, coincée avec des adultes que je n'avais jamais vus, à devoir faire attention à ce que je dis, à trouver des réponses aux questions qu'ils me poseraient, à ne pas dire non tout le temps, à me forcer, à comprendre leur fonctionnement pour ne pas faire de fausse note.
Au lieu de ça, je suis assise sur un tabouret dans sa cuisine. On mange des blinis qu'on tartine de toutes sortes de choses qu'il a posées sur le bar, il me ressert du champagne, un petit gâteau est posé sur le plan de travail et j'ai vu une bougie dessus. Il a décidé d'attendre minuit pour l'allumer. On n'a plus faim, mais le petit fraisier nous nargue. On se contente de le convoiter, minuit finira bien par sonner. Alors on descend doucement la bouteille de champagne en parlant de tout ce qui nous passe par la tête, de nos anniversaires, de Lenôtre, de la faim dans le monde, du vélo, des militaires, de la meilleure marque de bière, des arbres centenaires, des volatiles, du musée d'Orsay, des films de Claude Lelouch, de la moquette des boîtes de nuit et de la Normandie.

Minuit finit par nous rejoindre dans la cuisine. Je souffle la bougie à peine allumée sur le gâteau et Julien s'applique à le découper. J'ai dix-huit ans et petit à petit, le gâteau perd de sa dignité. On dérobe les fraises, on dérange la chantilly, on déchire la pâte d'amande en le découpant. J'ai dix-huit ans.

      Une ombre passe et me traverse. C'est la mienne.

INTERLUDE

« Tu t'en sors Margot ?
- À vrai dire, non !
- Mais qu'est-ce que tu fabriques ? On va être en retard !
- C'est le fond de teint, j'arrive pas à le mettre.
- T'as eu quel âge déjà il y a une semaine ?
- Vingt-trois ans, tu sais bien, pourquoi tu demandes ?
- T'es sûre ? Vingt-trois ans et tu sais pas mettre du fond de teint ?
- Ben non... Bon écoute tant pis je me maquillerai un autre jour.
- Un autre jour ! Mais c'est ce soir qu'on sort ! Bon fais comme tu veux...
- Allez, ça y est je suis prête. Quoi ?
- Ton pull ! Tu l'as mis à l'envers !
- Bon ça va t'énerve pas, je l'ai pas fait exprès. »

Assise sur mon lit, Judith me regarde, consternée. J'en ai marre d'avoir l'impression d'être jugée. Parfois j'aimerais bien être comme elle moi aussi, assumer ma féminité la tête haute, avoir une frange et des talons aiguilles, du fard à paupières, des décolletés, tout ça. Mais j'ai les cheveux longs en désordre, je me tords les chevilles avec des talons aiguilles, je sais pas me maquiller et je finirai par mourir dévorée par mes cols roulés. J'aime pas qu'on me regarde. Ça fait quelques années qu'elle me connaît, Judith. Elle le sait bien et ça l'énerve. Je risque un sourire coupable. Raté :

« Margot c'est pas drôle. T'es une vraie catastrophe. Ça fait trois semaines qu'on te sort, qu'on t'aère pour te changer les idées mais tu fais aucun effort.
- J'ai mis du rouge à lèvres. Et puis mes idées,

elles vont bien.
- Ouais, ça allait pas terrible il y a un mois...
- Écoute, je suis un peu chamboulée, c'est tout. Mais au-delà de ça je vais très bien alors arrête de t'inquiéter.
- Si tu le dis... »

Elle s'inquiète un peu quand même. Peut-être que ça sert à ça les amis. Quand j'ai commencé mes études, je me suis mise à en avoir, des amis. C'était nouveau. Même si je suis restée assez sauvage, le répertoire de mon téléphone s'étoffait un peu. Ils étaient mes relations sociales. J'étais avec eux quand je n'avais pas besoin d'être seule. Je restais souvent seule, sans y faire attention. J'ai continué à me promener seule. Et à traîner parcimonieusement avec les contacts de mon répertoire. Ça n'a pas vraiment changé ma vie, d'être entourée. Parce que c'est juste normal et j'aime bien tout ce qui est normal.

Comme lors de mes années d'étudiante, tout est resté en ordre. Aucun passage à la télé, pas de grandes écoles, pas de problèmes trop graves, pas d'accidents, pas d'invasion d'animaux bizarres. Rien de tout ça. À part peut-être une expérience paranormale que j'ai vécue quand j'ai commencé la fac. Je suis allée voir un médecin parce que j'avais mal au ventre. Dans son cabinet, le médecin m'a engueulée pendant une heure en faisant de grands mouvements avec ses bras et m'a mise sous Prozac. Ça, j'ai jamais compris.

Et j'ai rencontré Alexandre. Je me sentais encore plus normale. Il m'a présentée à ses parents, je l'ai présenté aux miens et j'ai pris tout ça pour de l'amour. Parce que je me disais ça y est, maintenant je suis une grande personne, tout va rouler. Puisqu'il est à côté de moi, je ne marcherai plus jamais seule. C'est ce que j'ai toujours voulu.

Pendant deux ans, je souriais, j'avançais fièrement à son bras, et mon annulaire gauche attendait qu'on lui passe une bague. C'était prévu. Voilà. Comme papa et maman. Comme les grands. Et tout va rouler. J'étais contente. Jusqu'au jour où je ne l'ai plus été du tout. Je n'ai jamais été amoureuse de lui et je m'en suis rendu compte le jour où j'ai arrêté le Prozac. À partir de ce jour, j'ai fini par en être écœurée. Je ne le supportais plus. Sa voix, ses mots, ses gestes, sa peau, son odeur, je les vomissais.

J'avais la trouille de le quitter. Parce que tout était bien huilé. Parce que j'avais mes habitudes. L'idée de laisser derrière moi l'avenir tout tracé qui me rassurait me donnait des sueurs froides. Je l'avais construit si longtemps, alors tout ce travail qui s'écroulerait, ce gâchis... Mais j'étais devenue allergique à son contact. Alors j'ai voulu qu'il me quitte. Il n'a rien compris. J'ai dû le faire moi-même à la table d'un café, il y quelques semaines. Je lui ai dit c'est fini. Il m'a répondu « Mais alors, on ne va pas se marier ? » Bien vu. Quelle perspicacité... Je l'ai planté là, hébété. Je ne l'ai plus revu. Je suis rentrée chez moi. Et je me suis sentie libre. J'en ai presque bondi partout. Ce soir-là, je voulais qu'il dure pendant au moins des années. Je voulais garder cette liberté.

Le lendemain, j'étais en état de choc. Un zombie d'impuissance. L'euphorie de la veille s'était très vite dissipée. Ma mère était là. Mes copains aussi. Ils m'ont dit « courage », qu'est-ce qu'ils pouvaient dire d'autre, les copains ? Ma mère a quand même dit plus de mots.

Deux semaines de crampes dans le ventre. Le résultat exact de l'angoisse d'être seule pour toujours, additionnée à la frustration de ces deux ans jetés à la poubelle et multipliée par ma terreur de cet inconnu qui s'appelle l'avenir. Parce que j'allais commencer à travailler. Il y avait encore peu de temps, je ne savais pas quoi faire entre la fin de mes études et le moment où j'allais me marier. À l'ancienne, comme disent les jeunes. Alors mon père m'a proposé de venir travailler dans une de ses boîtes. Mais puisque maintenant je vais pas me marier toute seule, je comprends moins ce que je fabrique là-dedans.

Je viens donc de commencer à travailler dans cette boîte de pub. Non seulement je hais la pub, mais en plus, comme je suis la fille de mon père, tout le monde me dévisage toute la journée. Je viens de faire mon entrée dans un truc vaseux qu'on appelle le monde du travail et ça fait bizarre.

Bref, le changement ça me perturbe, j'aime pas ça.

Alors oui, Judith a raison, je suis un peu perdue mais c'est sûrement beaucoup mieux comme ça. J'ai arrêté le Prozac et je vais avoir une vraie vie normale. Sauf qu'elle ne peut pas le savoir. Pour le Prozac, elle n'a jamais rien su.
 « On y va ? Il est déjà minuit.
- En route ! »

***

Ce soir, dans l'agitation nocturne, le vacarme d'un bar, se trouve à quelques pas de moi quelqu'un que je ne connais pas. Et qui me dévisage à la limite du scandale. Pour me jauger. Pour que je le reconnaisse, aussi. Des yeux vert-bleu. Des yeux qui tombent un peu.

C'est Julien. Je ne sais pas ce qui se passe

là tout de suite ; enfin j'aurai tout le temps de le savoir plus tard, mais là, je n'ai aucune idée. J'arrête de sourire. Je fronce les sourcils. Dans ma tête, il n'y a plus de musique. Alors je me bloque. Du sang cogne contre mes tempes. On se rejoint. On essaye de se parler dans le bruit. Des bonsoirs, des qu'est-ce que tu fais là, des c'est bien toi c'est bien moi. Des inconnus. Comme si on ne s'était jamais vus avant, peut-être croisés, vaguement. Sa main effleure la mienne quand il me parle, quand j'entends rien à ce qu'il dit avec la musique qui mange tous ses mots. Il me regarde comme s'il ne m'avait jamais vue. Il n'est plus celui que j'ai connu, je ne suis plus la gamine qu'il avait accostée au lycée. Ça doit se voir. À notre façon de nous regarder. À notre façon de nous regarder, c'est tout. Sans vraiment se parler, feignant de s'écouter parce qu'on s'entend pas. Parfois je détourne les yeux pour regarder ailleurs. Pour vraiment regarder ailleurs. Pour trouver quelque part quelque chose qui me rassure. Parce que je ne sais pas qui est en face de moi.

J'ai tout oublié, ce soir. J'ai oublié qui j'étais. J'ai oublié mon prénom. J'ai oublié mes amis. Je les plante là. Il me raccompagne à pied devant chez mes parents. C'est une longue marche, à moitié silencieuse. Parce que je ne trouve rien à lui dire. Ça fait des années, pourtant. Mais c'est comme si je ne l'avais jamais vu. Il me prend par la taille, juste comme ça, en marchant, et je me laisse faire. Quelque chose me dérange. Comme une démangeaison. Je le sens dangereux. C'est mon impression. Je me suis dit que j'aurais pas dû me laisser faire, quand il m'a prise par la taille. Quand j'ai dit non dans ma tête, c'était trop tard. Il se passe la même chose quand il me serre contre lui avant de repartir. Il m'attrape et me serre. Fort. Le froid s'est fait glacial à ce moment-là, on dirait. On tremble, debout au milieu de la rue, attendant qu'un taxi passe pour qu'il le prenne. Il me serre si fort que j'en ai mal. À trembler, droite et transie de froid, son visage enfoui dans mes cheveux qui s'envolent, je me demande contre quoi je résiste, contre quoi j'ai décidé de me battre. Puis un taxi passe par là et me l'enlève.

Je remonte au sixième. Je ne peux pas dormir.

Parce qu'il se passe quelque chose qui m'échappe. Parce que je ne suis même pas heureuse de l'avoir revu. Ou peut-être que je l'avais complètement oublié et que ça m'a fait un choc. Comme si j'avais vu un revenant. Parce que je repense à mes dix-sept ans.

Que m'est-il arrivé, au juste, quand j'avais dix-sept ans ? Que se passait-il dans mon crâne ? Je ne sais pas pourquoi j'ai erré si longtemps. Je me le demande. Je ne me l'explique pas vraiment. Je ne me l'explique que vainement. Parce qu'il n'y a pas grand-chose à comprendre, en fait. Qu'est-ce qu'on peut prétendre savoir sur quoi que ce soit quand on n'a que dix-sept ans et qu'on n'a jamais eu d'autres problèmes que ceux qu'on a bien voulu se mettre dans la tête ? Peu de choses, à vrai dire. On vit mais on ne sait rien. On s'étend, on se répand, on fait ce qu'on peut de ce qu'on est. On n'est que matière. Cette matière, on l'étire, on veut qu'elle laisse des empreintes partout. On se croit tellement immortel qu'on ne demande qu'à crever pour voir ce que c'est. On est tellement vivant qu'on ne désire que d'en laisser un peu, de cette vie. Elle pèse des tonnes sur nos épaules, on voudrait se sentir plus léger.

Plus tard, c'est la vie elle-même qui nous décharge de notre matière. On se dit que finalement, cette énergie, on aurait dû la garder. Mais comment pouvait-on savoir ? Mais comment je pouvais savoir ?

    La suite est banale. Julien était mon ami. Et puis j'en ai eu d'autres à la place, finalement, je l'ai oublié. Perdus de vue tout doucement. Comme souvent quand on arrête d'être adolescent. Qu'est-ce qu'il y a à savoir de plus ? L'histoire ? Elle ne sert à rien. Elle est comme toutes les histoires de connaissances qui se dénouent sans dire un mot. Et des histoires, on en entend tous les jours. La mienne n'a rien eu de plus que les autres.
    C'était mon ami. Cet hiver-là, Julien, c'était mon ami. J'avais son numéro dans mon portable, on s'envoyait des messages, tout allait bien. On se promenait, on se parlait, tout allait bien.
    C'était mon ami, ce printemps-là. On s'étalait sur les pelouses des parcs, on révisait notre bac. Il voulait l'avoir. Je m'en foutais. Je le passais pour lui faire plaisir. On l'a eu. Tout allait bien.
    C'était mon ami, cet été-là. Même si on ne s'est pas beaucoup vus. On est un peu sortis et on a beaucoup bu.
    C'était un copain, cet automne-là. On avait vieilli. Enfin, vieilli, dix-huit ans pour moi, dix-neuf pour lui. Il est parti faire ses études aux États-Unis ; j'ai oublié le nom de la ville. Je suis restée à Paris. On s'était dit on se téléphone, on s'écrit. On l'a pas tellement fait. Il faisait son école, je me traînais dans ma fac. Il avait des amis. Un peu trop d'amis sûrement pour penser à moi. Et il était un peu trop loin de moi pour que je ne l'oublie pas.

Je n'en ai jamais souffert. À vrai dire, je ne me suis jamais posé la question. J'ai découvert que l'amitié, c'était pas que lui, même si c'était pas pareil.

Ce n'était plus qu'un souvenir, Julien, cet hiver-là. J'avais la fac. J'avais perdu mon téléphone et changé de numéro. J'ai perdu tout contact avec lui. Et il y avait de toute façon des garçons autour de moi.

Ce n'était même plus un souvenir, à l'automne suivant.

***

Une semaine se passe. Ces trucs-là ne me sortent pas de la tête. Pas d'obsession, mais comme un froncement de sourcils qui ne part plus. Il est là, diffus, dense, indélogeable. Ça dérange ma concentration quand j'en ai besoin. Alors je fais semblant. Un peu comme lors d'un contrôle en état d'ébriété. Je pense souvent à ces cinq dernières minutes. Mais les détails m'échappent, ça reste flou. J'enlève de la tête de mes amis les idées qu'ils y ont mis, ils me répondent que c'est tant mieux. Qu'ils le connaissent de vue ou de réputation. Que ferais-je avec un garçon qui ne connait que des aventures puisqu'il travaille dans le monde pourri de la nuit, à droite, à gauche, sans qu'on sache précisément ce qu'il y fait, planté dans le décor en costume Versace, entouré de filles qui ne me ressemblent en rien ? Je crois que j'ai oublié de leur dire que je l'ai connu avant. Je vois pas l'intérêt car finalement, c'était pas vraiment lui que j'ai connu. Plutôt un brouillon de lui qui se serait débarrassé de sa mue, un truc comme ça. Et puisqu'il a déjà tout ce qu'il veut, il n'a pas besoin de moi. Tant mieux. Quelque chose me chuchote de ne pas répondre au téléphone le jour où il va m'appeler, s'il le fait. Parce qu'à cet instant il est encore temps de ne pas me perdre dans quelque chose qui pue l'incohérence. Parce qu'il est encore temps pour moi de rester fidèle à mon principe de continuer à compenser le bordel qu'il y a dans ma tête par une vie dite bien rangée. Tout à sa place. Pas de débordements. Pas de garçon bizarre dans ma vie. Il me faut des formes bien géométriques. Une vie précise avec des gens au carré. De la symétrie partout et des angles droits. Et tout va rouler.

***

Il m'appelle le vendredi pour me voir. J'ai oublié de ne pas répondre au téléphone et après, j'ai oublié de dire non.

Je monte dans un taxi, un peu tendue car je n'aime toujours pas aller chez les gens. Il fait froid, aussi froid que la semaine dernière, je ne me sens pas bien, un rhume peut-être. J'ai comme des vertiges, ça doit être ça. Je ne connais pas sa rue mais j'en ai donné le nom au chauffeur, je sais que l'on va du côté du Boulevard Saint-Germain. Et plus je sens qu'on s'approche, plus j'ai comme l'envie de ne pas arriver. Mais j'y suis, dans ce taxi ; c'est trop tard et je suis déjà en retard. Je ne sais pas ce que je ferais de plus absurde, entre aller chez lui et faire demi-tour. Voilà ce à quoi je pense, les yeux levés vers les décorations de Noël.

« On est arrivés, Mademoiselle. C'est bien là ?
- Oui, si vous dites qu'on est arrivés... »
Je pioche mes pièces, je prends tout mon temps pour payer et je descends. C'est un grand

immeuble haussmannien.

C'est le même manège que partout où l'on est invité qui commence : on tape un code, avec les gants, les mains qui tremblent, on recommence, sans les gants, on pousse la porte et celle-ci est lourde. On découvre le hall, même si on ne le regarde pas vraiment, vos yeux impriment les miroirs fanés, la seconde porte, la loge du gardien et les tentures, et vos oreilles retiennent le bruit que font vos pas sur le marbre. Et l'interphone où l'on cherche fébrilement le nom de la personne quand c'est la première fois. On a lu tous les noms, y compris celui qu'on cherche mais on n'y a pas fait attention au début parce que c'était juste sous nos yeux, et que c'est nouveau, aussi. Le bruit qui s'ensuit, l'attente, la voix qu'on ne reconnaît pas qui tarde à vous répondre, votre « c'est moi », ou ce que vous voulez, la voix qui vous donne l'étage, parce que l'étage, vous l'aviez déjà oublié, le tintement de la seconde porte qu'on pousse, plus légère cette fois-ci, le reste du hall, on cherche l'interrupteur, le tapis, à droite l'escalier, le vieil ascenseur en fer forgé, droit devant. On l'appelle, on l'entend descendre, il y a toujours comme une menace ou une promesse, dans le bruit d'un ascenseur qu'on appelle. L'ascenseur qui arrive, la troisième porte que l'on passe mais la première que l'on tire, l'intérieur en bois, le paillasson, les boutons, votre doigt sur le bon étage, le soubresaut du début de votre ascension, et on s'élève, on se regarde dans le miroir, on voit passer les étages et là votre cœur peut commencer à battre, car ce chemin, on vient de le faire pour la première fois, et ce soir-là, vous ne vous imaginez pas que vous allez le faire des centaines de fois. Non, vous n'en savez rien. Puis l'ascenseur s'arrête et votre respiration aussi, vous ouvrez la porte avec le trac, vous cherchez un instant la bonne porte, confondez un instant votre droite et votre gauche. On y est arrivé, devant cette porte, vous appuyez sur la sonnette lorsqu'elle n'est pas encore ouverte, vous attendez, le monde s'arrête de tourner quand c'est votre tête qui tourne, et la porte s'ouvre.

Il m'enlève mon imperméable tandis que mon regard tente de prendre ses marques dans l'appartement. Je suis dans un grand salon. Il me demande si je veux du champagne, oui, il disparait et je me retrouve seule dans la pièce. Évidemment, je n'imaginais pas du tout son appartement tel qu'il est, je ne parviens même plus à me rappeler comment je me l'étais imaginé, parfois la réalité efface votre imagination sans vous demander votre avis.
Il entre dans le salon en faisant sauter le bouchon et me fait sursauter en même temps.
« Tu as une femme de ménage ?
- Oui, trois jours par semaine, tu trouves ça bien rangé ?
- Pour un garçon qui vit seul ? Plutôt oui. »

Il reçoit un, deux, trois coups de fil qu'il essaye d'écourter tant bien que mal avec force ouais-ouais en levant les yeux au ciel, pendant que les miens balayent de loin sa bibliothèque pour déchiffrer les titres sur les tranches, pour lui dessiner un portrait robot de lecteur. La bibliothèque de quelqu'un trahit pas mal de choses sur lui, c'est presque impudique de l'étudier avec les yeux qui rétrécissent. Mais c'est plus fort que moi, c'est même plus fort que mon envie de pas être là, de regarder sa bibliothèque. Il me regarde bizarrement et me sourit, il sait que j'aime les livres, je sens que ça se voit, il me demande quelles sont mes lectures en raccrochant.

« On en avait parlé quand on était gamins...
- Je ne me souviens plus des auteurs dont tu m'avais parlé, répond-il.
- C'est dommage, je me rappelle pourtant t'avoir fait un cours sur Stephen King.
- C'est vrai, mais c'était il y a longtemps, il s'est passé beaucoup de choses depuis, et j'ai oublié beaucoup de choses, et toi aussi tu as changé, tu ne lis peut-être plus les mêmes livres qu'à dix-sept ans.
- Non c'est vrai. Mais j'ai gardé tous mes livres. Un jour, je te montrerai ma bibliothèque, si tu veux.
- Tu as des propositions bien malhonnêtes. »

Je rougis en cherchant une question à poser. Mais ça vient pas. Je me rends compte qu'en fait, j'ai rien à lui dire. Alors je suis juste rouge.

« Tu m'accompagnes après ?
- Où ça ?
- Je dois passer à une soirée pas très loin d'ici.
- Dans une boîte de nuit ?
Oui. Tu veux bien ?
- Je sais pas, j'aime pas tellement ces endroits-là.
- Mais il y aura sûrement des gens que tu connais. On est quand même d'un assez petit milieu : les écoles privées, tout ça... »

Je pourrais lui répondre que je m'en fous, que j'aime pas les milieux, que quoi qu'il arrive je m'ennuie partout. Mais je me tais. Parce que c'est pas des choses qu'on dit. De quoi j'aurais l'air si je disais la vérité ?

« D'accord, mais pas longtemps.
- Dans ce cas j'appelle un taxi tout de suite. »

J'ouvre doucement la porte qu'il referme un peu brutalement et m'engage dans l'escalier. Je pars comme une fusée. Je ne suis pas quelqu'un avec qui l'on peut bavarder en descendant les marches. Je dévale ses escaliers comme je dévale tous les escaliers, en dépit de mes talons hauts, du sac à main qui me cogne la hanche, rien ne m'empêche jamais de descendre les escaliers comme j'ai l'habitude de les descendre. Tous. La main qui vole sur la rampe, les chevilles qui s'entrecroisent vite, très vite, les plus grands pas sur les paliers et la course qui recommence. J'arrive toujours en bas un peu essoufflée. Lui m'a suivie, avec moins de précipitation. Les mains dans les poches et un épi sur la tête. Pas assez de gel.

Installée dans la voiture, je me dis que dans peu de temps je serai dans mon lit et tout ira bien. Cette fois c'est mon portable qui sonne :
« Oui maman.
- T'es où ?
- Je suis sortie, excuse-moi j'avais oublié de te prévenir...
- Bon tant mieux. C'est bien que tu sortes. Tu vas où ?
- Là je vais dans une boîte de nuit. J'ai...
- Oh là là ! Fais attention à la drogue surtout !
- Oui maman... Je rentre dans peu de temps, t'inquiète pas. Je suis enrhumée et fatiguée, je vais pas aller très loin.
- D'accord, mais fais attention aux taxis aussi, il y a une fille de ton âge qui s'est faite violer et découper en morceaux y a pas longtemps.
- C'est noté. Bon je te laisse, on arrive. Bonne nuit. »

J'enlève mon pull qui me décoiffe, j'ai trop chaud, je me demande si je suis assez maquillée, si je vais réussir à passer inaperçue. Lui est à l'aise, naturellement. Comme partout, il est chez lui. Il me tient par la taille, me fait passer devant lui. C'est comme s'il me poussait dans une fosse avec des animaux dangereux.

Il m'entraîne vers la table la plus peuplée, les garçons se lèvent pour lui mettre des claques dans le dos, les filles viennent l'embrasser, il me présente et revêt son habit de consultant de la nuit.

Il m'attrape discrètement la main tandis qu'il parle à une fille qui pleurniche. Et j'aime pas qu'il tienne ma main parce que maintenant, plein de gens me regardent à cause de ça, des gens à qui il avait dit bonsoir, et ça me gêne, ces regards qui vont de ma main à mon visage, et de mon visage à mes chaussures. Des regards qui cherchent, qui fouillent, qui déshabillent.

« On y va ? Je dois encore aller rejoindre des gens ailleurs. Je te dépose devant chez toi ?
- Oui. »

Le froid me fait presque plaisir, une fois dehors. Je dis bonsoir de loin aux videurs avec le plus beau sourire d'une fille qui serait vraiment, vraiment très contente de partir. Julien leur serre la main et nous nous éloignons. Il y a des gens qui sont contents parce qu'ils entrent en boîte, moi je ne suis contente que quand je sors de boîte. Parce que mon cœur bat trop fort là-dedans et j'ai peur de mourir à cause de ça. Peur de mourir en boîte de nuit.

Borne de taxi, attente, il me regarde. Je n'ai rien à dire. J'aime toujours pas ces endroits, c'est pas la peine de me regarder comme ça. Il me foutent mal à l'aise, ces sous-sols. Je pense pas que les rats de bibliothèque puissent faire bon ménage avec les oiseaux de nuit. Cet univers glauque, je n'ai fait que le frôler quelques fois, et seulement du bout des ailes. Et comme des ailes, j'en ai pas, c'est vite réglé.

Tout est en toc et c'est normal, c'est fait pour. Les gens sont en plastique. Leurs gestes, leurs façons de parler, leurs attitudes n'ont rien à voir avec ce qu'ils seraient s'il faisait grand jour. Il y a un code de conduite. Julien le maîtrise parce que c'est son travail. Alors je suis toujours un peu gauche parce que je sais pas trop faire semblant, je ne sais pas si ça se voit mais je ne sais pas quoi faire de moi. Alors on me regarde parce que c'est écrit sur mon front que j'ai pas l'habitude, parce qu'on comprend pas non plus pourquoi on m'a jamais vue avant.

Je lui en veux de m'avoir emmenée ici. D'avoir été regardée.

« J'aimerais bien marcher un peu avant de rentrer, dis-je brusquement, exprès au moment où un taxi s'arrête pour nous prendre.
- D'accord », répond-il sans que je puisse deviner s'il est énervé ou non.

Encore une marche nocturne et silencieuse. Nos pas se font rapides à mesure qu'il se met à pleuvoir. Le froid, la pluie et le champagne que j'ai bu finissent par me faire rire. Il me regarde faire, indulgent.

On arrive devant chez moi, on commence à traverser sur les clous. Je lui demande pardon pour l'avoir retardé auprès des gens qu'il doit rejoindre. Alors il m'attrape brusquement par le bras. Je comprends pas ce qu'il fait mais ça fait mal. Et il m'embrasse. De force. Comme ça, au milieu de la chaussée. Il m'embrasse et dix mille choses éclatent dans ma tête en même temps. Je me demande s'il va me casser une dent, je pense à celui d'avant, j'ai peur de la voiture qui nous fonce dessus et klaxonne en nous évitant au dernier moment, je pense aux gouttes de ses cheveux mouillés qui me tombent sur le front, je pense merde, merde, merde, c'est trop tard. Je pense à tout ça pendant qu'il m'embrasse, ses grandes mains dans mes cheveux trempés, mes bras ballants dans les manches de mon imperméable. Je ne fais rien. Je me laisse faire. C'est un baiser dangereux, je me dis. C'est un baiser dangereux, on aurait pu se tuer.

Puis il me relâche aussi brusquement et se recule. Je le dévisage, choquée. Maintenant, quoi qu'il arrive, il est trop tard, le mal est fait. Je ne me suis pas vraiment laissé faire, il s'est servi tout seul. Il m'a embrassée et revenir en arrière ça n'existe plus. Mais je ne savais pas qu'il était possible d'agir comme ça, en forçant. Il sourit et je fais un pas en arrière. On reste comme ça au milieu du passage piéton. Ça ne ressemble à rien.

« Allez viens Margot, reste pas comme ça au milieu de la rue, c'est dangereux. »

Je ne réagis même pas au culot de sa phrase et traverse la rue avec la vivacité d'un zombie. On ralentit le pas devant la porte. On se regarde encore. Longtemps. « Bonne nuit, Margot. » Je lui réponds avec une voix de quelqu'un qui a fait une bêtise et il se retourne et s'en va, d'un pas nonchalant qu'il n'a jamais eu avant, quand je marchais avec lui. D'un pas de quelqu'un qui se fout de la gueule du monde.

Porte ouverte, ascenseur, palier sans lumière. J'ai rien compris à ce qu'il s'est passé. J'en ai rien voulu. Il l'a volé ce baiser, je ne sais même pas si je le regrette. Mais ce qui est fait est fait. Je me suis trompée d'étage. Et c'est sans reprendre mes esprits que j'entre à la maison et ferme doucement la porte. C'est complètement hagarde que je m'assieds sur le canapé pour allumer une cigarette, et demeure dans le même état en traversant l'appartement jusqu'à ma chambre. Je ne me vois même pas me déshabiller ni enfiler mon pyjama, je le fais sans le comprendre. J'écrase ma cigarette et me brosse les dents, les cheveux qui gouttent dans le lavabo. Et je m'écroule sur mon lit. Sans pouvoir m'endormir, sans même pouvoir penser, les yeux grands ouverts dans le noir qui fixent le plafond.

Mon téléphone sonne. Message : « Fais de beaux rêves. » Je réponds que je vais essayer. Je souris, il est sept heures du matin. Je m'endors d'un coup.

***

Midi. J'ouvre les yeux et me souviens de tout, comme si c'était tombé sur ma figure au moment du réveil. J'émerge du sommeil sans difficulté aucune, je me jette hors de mon lit, je dois déjeuner au Voltaire avec parents et grands-parents dans une heure mais ce n'est pas à ça que je pense. J'ai l'esprit brouillé de tas de questions informes, autant de questions que ma messagerie est vide.

Douchée, coiffée, habillée et perplexe, je suis mes parents dans la voiture.

Le Voltaire. C'est vraiment pas le bon endroit pour déjeuner, encore moins quand le ciel dehors est d'un bleu glacial. Il fait trop sombre, il y a trop de bruit, c'est étouffant. J'y avais été, il y a deux mois, avec le même temps dehors, avec les mêmes personnes dedans. Il y a deux mois quand j'étais perdue. Je me souviens de ce déjeuner, de cette boule dans la gorge qui ne me quittait pas, qui me serrait, me serrait à mesure que j'essayais de la ravaler, de mes yeux que j'essayais de faire taire, des larmes rebelles qui y pendaient sans s'échapper à force de serrer la mâchoire. Et de mon assiette que je regardais sans pouvoir la finir.

C'est une autre histoire aujourd'hui. Aujourd'hui je me tortille sur la banquette. Aujourd'hui je tords mes mains moites sur mes genoux que je croise et décroise. Je regarde mon téléphone posé sur la table. Et je ris nerveusement. Pour rien. Je ne parle pas vraiment, je fais à peine semblant d'écouter. Mais je souris, ça me fait presque mal. Mes grands-parents me font tout un interrogatoire sur mon travail, mon père me regarde parler l'air content, je réponds d'une voix fluette avec des gestes nerveux. Mais là où je suis tranquille, avec ma famille, c'est que lorsque je suis troublée, personne ne le remarque, à part ma mère, évidemment, mais pas quand c'est un trouble heureux. Ou alors ça n'est jamais arrivé. On ne remarque rien, ou peut-être que si, mais ça ne doit pas être assez important pour être relevé. Quand je ne réponds pas aux questions, quand je n'arrive plus à faire semblant d'écouter, mon regard se perd au-delà de la table. Je ne regarde rien, je ne sais même pas si je pense, je suis juste crispée.

Treize heures trente-et-une : on passe la commande et je regarde mon téléphone. Rien.

Quatorze heures vingt : les entrées ont été débarrassées. Toujours rien.

Quatorze heures trente-trois : les plats, mais pas de message.

Quinze heures quatre : j'ai fini le mien et je me lève pour aller fumer dehors.

Un grand courant d'air, le vent glacé de la Seine et le soleil qui m'aveugle. J'ai du mal à allumer ma cigarette. Je finis par inhaler, un peu soulagée. Et le téléphone sonne, et c'est lui, j'essaye de prendre une voix pleine d'assurance

mais j'y arrive pas, alors je hurle :
   « Allô ?
- Ça va ?
- Oui et toi ?
- Bien, bien.
- ...
- Qu'est-ce que tu fais maintenant ? » Son ton est sec, tranchant, il me fait presque peur. Je lui réponds et il me demande de le rappeler quand j'aurai fini. Fin de la conversation.

C'est étrange. Il est étrange. J'ai l'impression qu'avec lui rien ne peut se passer normalement. Je suis contente, après tout, je ne lui ai rien donné, ou si peu, alors quoi qu'il se passe tout à l'heure je n'aurai pas perdu grand-chose.
Je retourne à table et c'est interminable. Enfin sortie, je me sauve sur le trottoir en criant que je rentrerai plus tard.

Au téléphone le même ton. Rendez-vous pris rue Royale dès que j'y arrive.

Il vient à ma rencontre, brusquement. Il se plante devant moi, les yeux grands ouverts, on dirait qu'il est furieux. « Tu veux faire quoi ? » est le seul accueil auquel j'ai droit. Désorientée, je hausse les épaules, fronce les sourcils, regarde autour de moi, un peu paniquée.
« Euh...on n'a qu'à aller aux Tuileries ?
- D'accord. »
Il marche très vite, toujours en silence mais pas le silence tranquille de d'habitude, quand il me sourit comme à une petite chose. Raide et les poings fermement enfoncés dans les poches de son grand manteau noir. Je cours presque pour le suivre. Arrivés aux Tuileries, on ne ressemble à rien à marcher aussi vite, c'est

absurde. Je lui demande timidement si ça va. Il tranche que oui. Il ne s'arrête pas. Je le regarde et détourne très vite les yeux. Il me fait peur. Je me demande s'il a pris de la drogue mais j'ose pas lui poser la question.

On continue à marcher mais ça n'a aucun sens. Je commence à bouillir. Je me trouve débile d'avoir répondu au téléphone parce que je me demande ce que je fous là, en plein milieu de l'allée des Tuileries à marcher à toute vitesse à côté de quelqu'un qui ne sait même pas où il va et qui reste muet. Quelqu'un qui m'effraie presque. Alors je m'énerve et lui demande :
« Tu voulais me voir pour une raison particulière ?
- Oui.
- Je t'écoute.
- Je voulais savoir comment tu allais.
- Je vais bien. C'est tout ?
- Oui, c'est tout. »

Alors j'arrête de marcher :
« Écoute, moi je rentre, tu n'as qu'à m'appeler ce soir si tu es de meilleure humeur. Mais uniquement si tu es de meilleure humeur, sinon c'est pas la peine. »   Et je le plante là.

Et je m'en veux. Tout ça pour ça. Après tout je vais rentrer chez moi et oublier. C'est con mais ce n'est pas la peine de gaspiller mon énergie à me mettre dans ces humeurs, et c'est d'un bain bouillant et d'un câlin à mon chat dont j'ai envie. Il ne me rappellera pas, il restera de mauvaise humeur pour toujours. Fin de l'histoire. Merci bien, c'était fantastique. Voilà pourquoi fallait pas traverser la rue.

***

Vingt-deux heures, en pyjama devant un film, Octave posé sur mon ventre, je me dis que j'ai bien fait de le laisser tout seul comme un con au milieu des Tuileries. On ne peut rien espérer d'un garçon pareil. Un mec qui travaille la nuit, qui fait forcément des trucs louches dans un univers glauque, qui n'a jamais gardé une petite amie plus de trois semaines et qui met du gel dans ses cheveux. J'aime pas le gel, ça colle aux mains. Je suis pas de taille pour ça, je sors de ma campagne et de mes bouquins poussiéreux, moi. Je continue à me dire que c'est qu'un con quand mon portable vibre, et j'entends une toute petite voix triste :

« Je suis désolé... pour tout à l'heure.
- C'est rien, je réplique sèchement.
- Si, j'ai envie de m'enterrer vivant...
- Tu vas mieux au moins ?
- Oui, je suis dans mon bain, j'ai un peu dormi, ça va.
- Tant mieux.
- Écoute, je suis nul, j'aurais dû rentrer chez moi hier après t'avoir vue. J'aurais dû aller me coucher et te voir ce soir. J'ai fait n'importe quoi.
- Tant pis.
- Bon, tu sais quoi ? Je vais aller me coucher là. Demain c'est dimanche c'est ça ?
- C'est ça, oui, demain c'est dimanche.
- Je serai en forme demain, je t'appelle dès que je me réveille et on déjeune ensemble, tu veux bien ?
- D'accord, dis-je sans réfléchir, encore une fois, mais ne m'appelle pas trop tôt, je dois dormir moi aussi.
- D'accord, tu me manques, à demain.
- Dors bien, à demain. »

Le téléphone éteint reste dans ma main lâche. Allongée sur le canapé, je me demande encore pourquoi j'ai dit oui. Ça m'énerve. Je me demande si la fille sage, raisonnable et bien rangée que je m'efforce d'être n'aurait pas une part de rébellion qui lui est propre sur laquelle je n'aurais pas d'emprise. Parce que je me désobéis.

***

Je fais le trajet en métro pour la première fois. Il me semble long. Je ne lis pas, je n'écoute pas de musique, je me concentre sur les stations qui défilent.

Je pousse la porte de chez lui pour la deuxième fois. On dirait que ce n'est pas tout à fait le même immeuble qu'hier. Parce qu'il fait jour, il a perdu son aspect menaçant. Quoi qu'il en soit, je trouve qu'on ne pénètre plus jamais dans le même lieu à partir de la deuxième fois car il prend une autre dimension avec le temps. C'est ce qui doit s'appeler l'habitude. Ou pas. Ou pas encore. Mais on s'en fout.

Il m'ouvre en souriant. Un sourire qui lui non plus n'a rien de menaçant. Il porte un jean, un tee-shirt et rien à ses pieds, je ne l'ai jamais vu comme ça non plus. Et je me rends seulement compte que ça fait des années que je ne l'avais pas vu en plein jour dans un état normal. Je ne sais pas pourquoi ça me rassure. Je me dis que finalement il est peut-être un peu comme tout le monde.

« J'étais en train de finir de faire la cuisine, c'est bientôt prêt, me lance une voix joyeuse déjà disparue dans une autre pièce.
- Ah bon... Tu cuisines ?
- Je te laisserai en juger ! Tu peux venir si tu veux. »

Je le rejoins dans une grande cuisine toute orange et verte, il me tire un tabouret. Je m'assieds sagement et le regarde faire. Il ne traîne pas, il s'active entre la plaque de gaz, les ustensiles qu'il déplace et le contenu des casseroles qu'il remue. Il met un tablier pour me dire qu'il m'a préparé du je sais pas quoi aux morilles et me demande si j'aime ça. Mais je sais pas parce que j'ai pas compris le nom du plat. Parce qu'il a allumé la hotte aspirante en disant le nom du plat. Alors je dis oui et il dépose un baiser sur le bout de mon nez avant de crier « à table » bien fort, alors que je suis juste devant lui.

L'après-midi se passe sans nous. Il m'a cueillie comme une pâquerette au milieu du salon pour me mettre dans ses bras. On parle sans s'arrêter. Parce qu'il fait jour, parce qu'on est plus dehors à marcher en silence. On parle des boîtes de nuit mais je comprends rien à ce qu'il dit, on parle de nos familles, de ma concierge, de son aspirateur, du Cluédo, des pistolets à eau et du trente-et-un décembre parce que c'est bientôt. Quand je lui demande ce qu'il a prévu, il me répond qu'il a prévu de le passer avec moi. Il ne veut pas que je parte. Demain c'est les vacances et on ne se reverra pas tout de suite. On dirait deux collégiens pleins d'acné, trop dégoûtés de pas pouvoir se voir et de devoir aller passer les fêtes avec les parents qui comprennent grave rien à la vie. Sauf qu'on a dix ans de trop et des forfaits illimités.

***

Noël à la campagne. Les jours suivants aussi. Une semaine chacun de son côté. Tous les jours, il m'appelle. Ou il m'envoie des messages. Il me fait rire, terriblement. Je marche bien exprès dans la boue parce que j'ai des bottes en caoutchouc faites pour ça et je lui parle dans ma tête : Tu ne feras que passer... Tu ne feras que passer, je le sais, je mets dans un coin de ma tête que ce n'est pas pour la vie. C'est à peine commencé que je me prépare à la fin. J'écarte les trucs pas drôles, je garde le bon pour qu'il me reste des souvenirs pour après. Alors je compte chaque appel, chaque message que je reçois et chaque appel, chaque message que je ne t'envoie pas. Pour l'instant, je compte... Un, ta voix dans le téléphone. Deux, ma main dans tes cheveux. Trois, tu me serres. Quatre, tu me serres trop fort. Cinq, cette fois c'est moi qui t'embrasse. Six, tu me fais rire. Sept, tu me fais rire encore. Huit, tu me dis des choses qui vont disparaître alors je continue à compter. Neuf, tu es brutal et je n'aime pas ça, mais ça ne durera pas. Dix, j'ai envie de dire des choses mais je me tais. Onze, finalement ces choses c'est toi qui les dis et je ne réponds pas. Douze, je me tais. Treize, tu m'embrasses encore et ça m'énerve de ne pas vivre au présent. Quatorze, parce que je suis superstitieuse.

****

Et ce n'est qu'à trois heures du matin le premier janvier que je m'apprête à le rejoindre devant la porte de la boîte de nuit où il doit travailler ce soir-là. Ça s'est décidé à la dernière minute. On avait besoin de lui. Les gens de la boîte de nuit. Il m'a téléphoné pour s'excuser de pas pouvoir être avec moi maintenant. Alors j'ai fait de l'imprévu aussi, je suis allée à une soirée que j'avais déclinée.

Je m'ennuie et je dois faire semblant. Et

pourquoi je suis allée chez cet ami-là, je me demande. Je savais bien que ça allait être une soirée bobo pleine de ploucs prétentieux. Je reste seule à fumer des clopes près de la fenêtre.

Un gars habillé en noir avec un drôle de chapeau vient me raconter sa vie. Je lui ai rien demandé, moi. Et il s'écoute parler, il fait le Cours Florent. Il y croit vraiment très fort. Je le trouve vraiment très con. Il a pas compris que se foutre un chapeau ridicule sur la tête et s'habiller en décalage n'a jamais transformé personne en artiste. Il utilise des mots compliqués qu'il a dû trouver super classes dans les trois textes de théâtre qu'il a été obligé de lire et qui représentent à eux seuls toute sa culture littéraire. Des mots dont il ne connait même pas le sens à la façon dont il s'en sert parce que ces mots, je les connais, et il ne les met pas dans les bonnes cases. Alors pour faire bien, je lui dis que je suis hypoglycémique, un autre mot compliqué. Mais il s'en fout et il continue à me parler de théâââââtre, parce que tu vois, Machine, le théâââââtre... Je bâille en lui rétorquant que j'ai pas la télé, que je sors jamais de chez moi et que je sais pas lire.

Je me tourne vers mon autre voisin de fenêtre, un mec avec des dreadlocks et l'œil aussi vif qu'un poisson mort. Un mec qui a une aura qu'on peut voir et sentir surtout, un gros nuage de shit. Il se plaint de la musique de la soirée parce qu'elle est trop commerciale à son goût. J'ose pas lui répondre que c'est lui qui est trop commercial, vu le succès avec lequel il vend du cliché. Je me contente de hurler dans ma tête mais qu'est-ce que je fous à moisir mon cerveau au milieu de ces gens foireux.

Et puis j'ai bondi et me suis mise en route pour le retrouver. Je parle à toute vitesse avec le chauffeur du taxi pour lui raconter que voilà, j'ai passé une soirée de merde chez des gens chiants mais là je suis contente car je vais rejoindre mon mari qui s'est perdu dans la rue en sortant d'un magasin parce qu'il connaissait pas bien le quartier. Ça m'occupe et ça me dépoussière les neurones de raconter n'importe quoi à toute vitesse. Ça me purge, en quelque sorte. Le chauffeur gobe tout, il est gentil.

Trois heures, il m'a demandé de venir le chercher à trois heures. Je ne sais même pas ce qu'on va faire. Il aime pas les trucs prévus, je crois. Et moi ça m'énerve un peu mais bon, c'est pas mon mari, alors c'est pas très grave.

J'ose pas rentrer, je l'attends dehors. Les videurs me regardent et je me sens toute petite. J'entends la musique qui bourdonne, je vois quelques personnes sortir éméchées, dont une qui vomit sur le trottoir et repart en riant, soutenue par un ami un peu plus frais. C'est bizarre de rire après avoir vomi. C'est un autre monde. Les filles qui entrent et sortent ont des paillettes partout, c'est normal ? Je suis tellement à des années lumières des gens qui sortent de là que je me dis qu'il vaut mieux définitivement rester dehors. Je fume sur le trottoir avec des fourmis dans le ventre et je guette. Il est trois heures quinze, qu'est-ce qu'il fout ? Il y a des tas de gens qui sortent, mais pas lui, c'est fait exprès ?

Je me retourne pour envoyer valser mon mégot dans le caniveau avec une pichenette et comme d'habitude, ça rate. Comme d'habitude, le mégot s'éjecte de mes doigts, fonce droit à la verticale sans s'éloigner de moi et retombe lamentablement à côté de mes bottes. Je soupire, parce que je ne comprends pas qu'il y ait sur terre tellement de gens qui sachent faire ça correctement mais pas moi. Ça parait si simple pourtant, et ils le font avec tellement de naturel que c'en est scandaleux. Je me retourne et je sursaute. Il était derrière moi. Il me regardait, sans que je le sache, rater mon lancer de mégot, il m'a entendue soupirer et baisser les épaules, il a aperçu ma mine déconfite lorsque je me suis retournée. En tout cas, lui, ça l'a amusé. Il s'approche, me prend par la main et on commence à marcher, il m'emmène quelque part, c'est tout ce qu'il me dit.

Il me fait monter à l'arrière d'une grosse voiture sans me présenter le conducteur et lui donne une adresse dans le septième arrondissement. Il me dit qu'on va chez des gens et qu'après on rentre. J'ai les yeux rivés à la fenêtre. Un défilé d'immeubles blonds, des flaques de lumière par terre à cause de la pluie et des lumières des ampoules qui brillent, des gens qui marchent vite dans le froid, de temps en temps, certains titubent et j'entends des râles ivres et des vœux hystériques, les feux rouges, les taxis, du verre brisé sur le trottoir, la police par-ci par-là et les caniveaux des jours de fête.

On entre dans un appartement mais on dirait pas vraiment un appartement d'être humain. On dirait un hôtel de luxe avec des salons partout, des salons, que des salons avec des gens, des gens et des gens partout. Julien m'annonce aussitôt arrivés qu'il me laisse quelques minutes. Il doit parler à quelqu'un. J'ose pas lui dire de revenir vite, de ne pas me laisser livrée à moi-même quelque part où je ne sais même pas chez qui je suis, avec des inconnus derrière chaque porte. Il a dû comprendre. Son regard coupable semble me demander de tenir bon.

À peine seule, un garçon aux pupilles dilatées me propose de m'enlever mon manteau et tout le reste aussi. Je lui dis non merci, je garde tout, je reste pas longtemps et rajoute un peu sèchement que je n'ai vu personne à poil. Alors il part, vexé. Il revient en courant avec une coupe de champagne qui éclabousse bien tout le couloir avant de me la tendre et je me contente de le remercier. Il repart aussi vite qu'il est apparu. Je cache la coupe derrière une grosse lampe. Je sais pas quoi faire, je me promène de pièce en pièce en ne disant bonsoir qu'aux personnes dont je croise le regard. Il y a des filles pailletées, là aussi. Des filles très belles qui me regardent parfois et qui ont l'air ironiques, narquoises, ou pas du tout. J'en aperçois une avec qui j'étais au lycée, mais elle est complètement défoncée alors je fais comme si je ne l'avais pas vue, je passe mon chemin. Quelqu'un me bouscule sans s'excuser, je n'ai pas eu le temps de voir qui c'était, peut-être celui qui a voulu me déshabiller tout à l'heure. Je me demande à quoi ressemblent tous ces gens dans la journée, ou même le matin.

Un grand blond en tee-shirt rayé se plante devant moi et me dit qu'il est Jean-Paul Gaultier. Il ne me laisse pas le temps de répondre et me demande en une seule phrase mon prénom, mon âge, ce que je fais dans la vie, où je passe mes vacances, pourquoi je suis là ce soir, comment s'appellent mes parents et si j'ai des animaux domestiques ou peut-être des frères et sœurs. Je fais le tri et lui réponds juste que je suis avec Julien. Ça a l'air de beaucoup l'amuser, vu comment il se tient les côtes : « Tu sors avec Julien ? Ahahah ! Je te souhaite bon courage. » Je ne dis plus rien et attends qu'il s'en aille en regardant mes bottes. Qu'est-ce que je peux répondre à ça ? « En tout cas c'est marrant, tu as l'air bien sage comme fille, on a du mal à t'imaginer avec lui. » Ah ? C'est ma seule réponse. Il me souhaite une bonne soirée et s'en va en gloussant. Au bout du couloir, il parle à une fille en me montrant du doigt. Ils me regardent et vite, j'entre dans une autre pièce.

Alice au pays des merveilles. Je m'attends à des biscuits qui font grandir maintenant. Comme ça je pourrai tous les écrabouiller, ils ne me feront plus peur.

Je finis par tomber sur un salon désert avec un sapin de Noël de toutes les couleurs qui prend toute la place. J'ai à peine le temps de me demander encore une fois ce que je fous là bordel que Julien passe devant la porte et s'arrête. Il se plante en face de moi. Il m'observe anxieusement sous toutes les coutures comme s'il vérifiait que personne ne m'ait abîmée.

« Je te cherchais, ça va ?
- Oui... »

Je lui réponds en tendant une main vers le sapin où une guirlande pend dans le vide pour la remettre correctement. Il accompagne mon geste en replaçant une mèche de mes cheveux qui ne tombe pas correctement. Rien ne tombe correctement et c'est peut-être pour ça qu'il dit qu'il est tombé amoureux de moi. Je fonce contre lui et ne réponds rien. Je ne sais pas ce qui se passe. Je sais juste que j'ai enfoui mon visage dans le col de sa chemise, dans un salon avec un grand sapin, avec des gens qui me font peur, qui parlent, rient et crient dans les autres pièces. On se dit tout bas :

« Quand est-ce qu'on s'en va ?
- Maintenant, viens. »

On sort sans dire au revoir à personne. Je ne sais même pas chez qui j'étais, mais je suis tellement heureuse de partir que je m'en fous.

Tellement heureuse de me retrouver sur le trottoir glacial avec lui et de lui donner la main dans mon gant que j'oublie presque. Contente de marcher vite parce qu'on a froid et sommeil. Je lui ai promis de dormir chez lui ce soir-là, parce qu'on a jamais dormi ensemble. Il est cinq heures du matin. Je l'écoute me parler de sa soirée pourrie et lui raconte la mienne pourrie en traversant les rues désertes.

Je suis toujours heureuse quand je me débarrasse de mes bottes et qu'il me tend une coupe que cette fois-ci je bois.

Ce n'est qu'au moment où je m'allonge près de lui dans la chambre que je connais si mal qu'il me souhaite une bonne année. À sept heures du matin, alors que je ferme les yeux, il me berce en parlant, il dit doucement des trucs que j'arrive même plus à entendre tellement je m'endors. Tellement je m'endors pour la première fois avec lui.

Je suis dans des grands draps. La moitié de mon visage est profondément noyée dans un oreiller. Une main est restée posée sur la mienne. Cinq doigts glissent inconsciemment de ma paume à mon poignet. Moi non plus je ne le sais pas, je dors sans rêver. La lune disparaît doucement à la fenêtre, le premier soleil de l'année se réveille et peu de gens sont là pour le voir à mon avis. Et certainement pas nous.

Cinq doigts, les mêmes, se referment doucement sur mon épaule. J'ouvre les yeux en grognant. Les siens sont grands ouverts, à lui. Il me sourit avec. Il ne parle jamais, il commence presque toujours par faire comme ça. Dehors il fait grand jour maintenant. Mais ça ne nous concerne pas, ce matin. Parce que ce matin, on est dispensés de tout. On a un mot signé du bon

Dieu qui dit qu'on peut faire tout ce qu'on veut, aujourd'hui. Allongés, protégés par les couvertures contre le glacial premier janvier, on parle doucement, puis plus fort. Il me fait rire. À midi, on a faim. Il se lève, s'habille et me dit qu'il revient.

Vingt minutes plus tard, il entre dans la chambre essoufflé et tout rouge avec son manteau, vient déposer un baiser glacé sur le bout de mon nez et repart aussi sec dans la cuisine où il s'active bruyamment. Je crie depuis la chambre pour lui demander ce qu'il fait. Il me répond tu verras, ne bouge surtout pas ! J'attends comme une gourde, trop frileuse pour sortir du lit, et j'écoute le bruit des placards qui s'ouvrent et se ferment, du gaz qu'on allume. Puis je l'entends faire du bruit dans le salon. Je hurle qu'est-ce que tu fais, il crie attends, attends puis ça y est tu peux venir. Sur la table du salon, il a écrit MARGOT avec des croissants et des pains aux chocolat et juste en dessous EST ENCORE PLUS JOLIE LE MATIN, TÔT avec des bonbons. Il est fier de lui, de sa rime pourrie. Moi je ris.
« Mais on va jamais manger tout ça ! Qu'est ce que tu vas faire du reste ?
- Ne t'inquiète surtout pas pour les bonbons ! Pour le reste, il y a quelques personnes assises sur le Boulevard à qui on fera plaisir en descendant. »

***

Ainsi s'écoule ce mois de janvier. On continue à se voir et je continue à lui glisser entre les doigts parce que je ne veux toujours pas qu'il m'attrape pour de vrai, j'ai pas changé d'avis. Je fais comme si tout ça n'était qu'une bonne blague qui tomberait à plat. Il continue à me fixer des rendez-vous, les annuler et me rappeler. Je le vois le week-end avant qu'il aille travailler. Il m'appelle parfois ivre à cinq heures du matin pour me parler mais oublie ce qu'il voulait me dire, me rappelle le lendemain pour s'excuser ou pour me voir. Il me compose des jolies phrases que je fais semblant de pas avoir entendues. Ou alors je réponds à côté. Tu m'as manqué Margot. Oui ? Oh regarde la voiture là-bas ! Alors, ses yeux deviennent parfois très noirs et il lui arrive de m'attraper le poignet et le serrer jusqu'à ce que je lui dise qu'il me fait mal, mais il est rare qu'il le relâche tout de suite. Il attend de m'avoir fait mal.

Je reste dormir chez lui de temps en temps et repars pendant qu'il dort encore, très tôt le matin, pour retrouver mon lit. Je regarde les boulevards immenses encore endormis aux fenêtres des taxis et je me dis qu'il doit me manquer une case. Et je me dis aussi que c'est pas grave parce que ça ne durera pas longtemps. Alors je le pousse pour pas qu'il rentre de trop dans ma vie.

***

Jusqu'à ce soir, j'ai cru pouvoir tout contrôler. Téléphone. Je décroche :
« Je passe devant chez toi d'ici un quart d'heure, tu sors ?
- Mais je suis déjà en pyjama... Bon c'est pas grave, je suis là dans quinze minutes. »

Comme d'habitude, j'ai les mains moites. Comme d'habitude, il n'en a aucune idée. Allers-retours précipités entre la salle de bains, la porte du placard et le miroir. J'enfile une paire de bottes, je les enlève pour en mettre une autre.

J'attache mes cheveux, les détache, les rattache avec autre chose. Je cherche mes clés au fond de mon sac. Je le vide par terre et les ramasse, les mets dans la poche de mon jean. Non, dans la poche de mon manteau, enfin, du manteau que je n'ai pas encore choisi, j'en ai déjà balancé cinq sur le lit. Gros soupirs, je suis prête et je claque la porte.

Comme d'habitude, je suis à l'heure et pas lui. Je ne suis pas de ces filles qui se font attendre aux rendez-vous, non, même si j'essayais j'arriverais quand même à l'heure. J'ai mes histoires avec le temps. Comme d'habitude, je vais l'attendre encore quinze minutes. Je regarde à droite, il arrive par la gauche. Parce qu'il arrive toujours du côté où je ne m'y attends pas. Je me demande comment il fait. D'où il vient il est censé arriver de telle direction, mais il arrive à l'opposé, invariablement. Il me fonce dessus et me dit c'est fini. Pas bonsoir, rien du tout, c'est fini et il attend. Je dis d'accord et je remonte. C'est bien. C'était rapide. Un peu comme la guillotine. Ça a coupé très vite. C'était facile. Tant mieux.

Ce matin ça me dérange. Je ne sais pas ce qui se passe. Je ne sais pas pourquoi mais quelque chose ne va pas. Je ne sais pas pourquoi je me sens toute petite, ce matin. Vraiment minuscule. Je prends le métro pour aller travailler. Je prends le métro en regardant le bout de mes chaussures. Pourtant il ne m'intéresse même pas, le bout de mes chaussures. J'ai foiré quelque chose, je crois.

***

J'ai jamais vraiment su comment m'expliquer ça, mais je dois avoir comme une seconde couche dans le cerveau. Un peu comme la couche d'ozone avec la troposphère, la stratosphère, toutes ces conneries. Il arrive que certains jours, il manque une épaisseur à mon intellect. Quand il m'arrive quelque chose qui me rend perplexe, seulement. Sinon, ça s'appelle juste être débile et c'est plus facile à expliquer. Certains jours, j'agis comme une automate. Je fais tout ce que j'ai à faire. Correctement. Mais sans pensées. Sans parasites. Sans questions existentielles. Comme aujourd'hui. Mon esprit a pris sa journée et c'est mon cerveau qui fait tout le travail. Je vais même rejoindre des copains dans cet état, ce soir.

Profondément affaissée dans le grand canapé de Tristan dans une position qui exclut toute élégance, je soupire. Il me tend un verre et vient s'asseoir à côté de moi. Deux autres amis sont installés dans les fauteuils d'en face. Hugo aussi est assis comme un chamallow fondu, alors je m'en veux moins.

« Alors, Julien ?
- Julien quoi ?
- Comment ça se passe ?
- Ça se passe plus. Il a rompu.
- Tant mieux Margot, c'est vraiment pas un mec pour toi. Il a une sale réputation, surtout avec les filles. Il les prend et il les jette, il s'en fout, il en

voit tout le temps, des filles. Et les filles des boîtes de nuit, c'est pas des filles comme toi. Toi tu viens d'un autre monde. Toi tu mérites quelqu'un d'incroyable parce que t'es une fille incroyable. Blablabla. Et il fréquente des gens pas nets. C'est un mec pas net de toute façon. Blablabla. On dit qu'il est complètement taré, qu'il ouvre des ours en deux et qu'il leur dévore les entrailles après avoir fait le poirier sur une seule main. Blablabla. Il mange des enfants aussi, des orphelins, il se lave jamais les deux mains en même temps, et cetera. Et puis, ça s'est su, qu'il sortait avec toi. Je te dis, les gens le connaissent, ils savent que ça dure jamais avec les filles. Maximum trois semaines, et encore. Mais toi ça faisait deux mois. Alors t'imagines que ça jasait. On commençait à parler de toi dans le milieu à cause de ça. Du genre mais c'est qui celle-là, et tout. De la jalousie quoi. T'es trop sensible, c'est bien trop lourd pour toi tout ça. Non mais vraiment, je suis sérieux, pourquoi tu rigoles ? »

J'explose de rire. Juste parce qu'il est là, en train de me faire la morale, drapé dans son sérieux avec la grosse trace de rouge à lèvres que j'ai imprimée sur sa joue pour lui dire bonjour. Il n'en sait rien, le pauvre. Les deux autres sourient. Il me regarde, un peu fâché. Alors je m'approche de lui et l'embrasse fort sur l'autre joue. Voilà, comme ça c'est symétrique. Je lui dis que je rentre chez moi.

Sauf que je rentre pas chez moi. Parce qu'en sortant de là il y a eu un truc qui a dû se déchirer dans mon cœur et ça m'a fait mal. Alors comme je n'ai toujours pas récupéré la couche de mon cerveau que j'ai d'habitude, c'est une autre fille que je regarde tout faire à ma place.

Elle marche. Il fait froid. Elle sait pas où elle va mais pour l'instant, elle y va. Elle s'arrête pas, elle regarde par terre. Rien à voir. Elle n'a rien à voir. Elle avance, c'est tout. Elle verra après. On la bouscule, on la regarde, on lui parle. Elle n'écoute pas, elle avance. De toute façon elle n'entend rien. On la veut, on l'admire, on la demande, elle ne le sait pas. Elle marche. On s'inquiète pour elle et elle prend la rue à droite, au hasard. Il pleut, elle ne sent rien, elle longe les quais. On essaye de la joindre sur son portable quand elle traverse un pont. Bien sûr elle n'entend rien. Elle aurait pas répondu, de toute façon. Elle pense par intermittence en atteignant la rive gauche. Il y a comme des parasites dans sa tête maintenant. Elle pense pas droit, elle compense en marchant droit. Il est tard, elle devrait dormir à cette heure-ci, mais elle traverse la rue. Elle a oublié de regarder à droite et à gauche, elle y pense d'habitude, pourtant. Mais pas ce soir. Elle avance. Elle se dit qu'au fil des pas sa gorge va se desserrer, que ça va marcher comme ça juste parce qu'elle y a pensé, qu'elle a envie d'essayer, de vérifier si elle a raison. Il y a des choses qu'elle a brillamment réussies, elle ne veut pas le savoir et elle tourne à gauche. Parce qu'elle n'y croit pas, elle marche plus vite. On lui a menti, elle s'en est remise, elle accélère. Elle sait pas où elle va. Elle sait plus où elle va. Elle est perdue. Elle a jamais eu le sens de l'orientation. Elle s'en fout. On commence à chercher où elle est ; elle continue tout droit. Son téléphone n'arrête plus de sonner, elle marche dans les flaques d'eau. Ça fait du bruit. On lui a déjà parlé de mariage, elle s'engage sur une avenue. On l'a aimée, beaucoup, on l'aime encore. Elle s'en souvient. Elle s'arrête. Elle s'assied. Elle pense plus, elle attend. Elle répond au téléphone.

Sa maman viendra la chercher. Elle va beaucoup pleurer dans la voiture. Elle va rentrer à la maison, se sécher. Elle va devoir boire une tisane, elle va devoir se faire border, laisser pour une fois la porte ouverte pour laisser passer la lumière. À cinq heures du matin, elle sera assise dans la salle de bains, à étouffer des sanglots dans son oreiller. Sa mère se relèvera pour la bercer et la remettra doucement au lit. Elle prendra un Lexomil, pour une fois. Elle sera plus forte, demain. Demain ça ira mieux. Elle ne le sait pas encore.

***

J'ouvre grand les yeux comme ma mère ouvre grand la porte. Elle me demande doucement si ça va mieux. Mieux qu'hier ? Oui. Mais c'est tout. Le soleil dehors est agressif et je n'ai aucune envie de me lever. Je ne suis pas fatiguée, non, j'ai dormi, mais je ne trouve pas de raison de me lever alors ma mère m'en donne une. Mes grands-parents vont arriver et on les emmène déjeuner. Je me lève et me prépare. Prête à partir, je les retrouve dans le salon. Ma gorge se serre sans que j'aie rien demandé. Doucement, très doucement, mais de plus en plus fort. Je prends des lunettes de soleil pour le trajet. Je les mets même tout de suite. Personne ne remarque rien. Sauf ma mère. Comme d'habitude.

J'ai jamais mis les pieds au Relais Plaza mais je sens que le déjeuner va être long. Je n'ouvre la bouche que pour répondre aux questions de mes grands-parents, j'essaye d'avoir l'air enjoué. Les grands-parents, ça devrait jamais savoir qu'on est triste. Parce que ça les rend tristes aussi et qu'ils sont trop vieux pour être tristes. Ils ne méritent pas ça.
« Comment se passe ton travail, ma Margot ?
- Bien, très bien.
- Tu es contente, ça te plaît ?
- C'est encore un peu tôt pour le savoir mais oui, ça va.
- Tu dois avoir des journées bien remplies, tu as l'air fatiguée, j'ai l'impression que tu as maigri non ?
- Oui, un peu je crois.
- Et ton père est content de toi ?
- Je crois... »
Je laisse le principal intéressé donner une réponse positive. Parce qu'à vrai dire je m'en fous. Je le déteste, mon travail. Simplement, je ne me sens pas capable d'en trouver un autre. J'ai ouvert le menu. Il est sur mes genoux depuis cinq minutes et je ne l'ai toujours pas regardé. J'ai du mal à le lire. Il y a des choses que j'aime dedans mais là tout me dégoûte. J'ai pas faim. Pas soif non plus. Envie de rien. Je passe quand même ma commande. Ma mère me prend la main

quelques secondes. Je ne fais même pas semblant d'écouter ce qu'ils disent. Je regarde le risotto dans mon assiette. J'ai envie de vomir. Envie de pleurer aussi. Je regarde mon assiette depuis vingt minutes. Vingt minutes, trois bouchées. Je me lève et enfile mes lunettes de soleil. « Je sors un peu dehors, je reviens. » Je dis jamais que je sors fumer. Ça aussi, je veux leur éviter. Une si jolie jeune fille, de si jolies dents, de si jolis poumons...

Je ne sais pas quoi faire de moi. Je suis assise sur un banc, en face du Plaza Athénée, des voitures que des touristes prennent en photo, des voituriers qui ont la chance de monter dedans, des portiers dans l'attente et des clients qui entrent et sortent.

Une grosse larme silencieuse vient s'écraser sur mon sac Vuitton. La plus grosse larme que j'aie jamais vue. Sur mon sac de petite conne. Ça me rappelle le début d'un livre lu par tout gosse de riche parisien qui se respecte et j'ai envie de me mettre une claque. Une seconde, tout aussi lourde, brouille le verre gauche de mes lunettes. Mes lèvres tremblent, je les pince. Mes yeux se ferment derrière les verres noirs et libèrent deux filets salés sur mes joues. D'autres se rejoignent pour finir leur course dans mon cou. Il y en a qui tombent directement sur le kleenex roulé en boule entre mes doigts. Quelques-unes ont raté leur chute et coulent le long de mon poignet, viennent s'écraser sur mes cuisses ou s'infiltrer sur le banc en pierre. Et aucune ne me libère. J'étouffe des râles qui voudraient bien sortir. Je ne fais aucun bruit. Personne ne me regarde. J'implose doucement. Recroquevillée. C'est juste tout ce qui peut se trouver sous ma peau qui explose. Je ne sais plus qui je suis. Je ne comprends plus rien.

Ou si, je comprends une chose. De Julien. C'était un pansement sur mon cœur car j'ai jamais été bien, c'était ça, alors, le sparadrap. Qui a fait mal hier quand il s'est arraché à l'intérieur de moi. Parce que j'ai un truc. Y a un chewing-gum de collé sur ma vie. Un truc qui s'est durci. Et je sais pas comment l'enlever. Au final je vis avec, c'est dégueulasse et je le sais. Il se pourrait que ce truc crasseux me protège. Il est certain qu'il m'éloigne des autres. Qui a envie d'être ami avec quelqu'un qui a un chewing-gum de collé sur sa vie ? Un truc qui vieillit. Qui est là depuis si longtemps qu'on sait même plus quel goût il avait. On sait plus ou moins comment il est arrivé ; on ne sait pas si on veut s'en débarrasser.

Je me méprise. D'être tombée si bas, je me méprise. J'ai voulu me croire forte. J'aurais pas dû. J'aurais dû savoir que forte, de toute ma vie, je ne l'ai jamais été. Calmée, j'y reste longtemps, sur ce banc. Le temps de fumer des cigarettes sans rien regarder. Le temps de ne penser à rien.

De retour à table, j'ai un peu honte d'enlever mes lunettes. Ma mère se tourne vers moi pendant que les autres parlent entre eux de la pluie et du beau temps :

« Viens avec nous à la campagne après le déjeuner.

- Non merci, j'ai aucune envie de faire deux heures de voiture, j'ai déjà mal au cœur... Il y aura pas de place pour moi dans la voiture, de toute façon.
- T'as qu'à prendre le train. Je viendrai te chercher ce soir à la gare.
- Oui. »
Je dis oui comme si j'allais mieux.

J'ai pris le train. Je pensais que je n'y arriverais plus. Je savais que je n'en pouvais plus. Alors je suis partie. J'ai pris le train. J'ai tout lâché, je me suis sauvée. J'ai pris le train. J'ai même pas pensé à ce que je devais faire au lieu d'être dans ce train, en temps réel. Mes préoccupations se sont effacées. J'avais pas la tête à être normale. Alors j'ai fait mon chemin. J'ai arrêté de penser quand j'ai fait ma valise. Les papiers à remplir, les dossiers à rendre, les obligations de mademoiselle tout-le-monde se sont fondus dans les soutiens-gorge, les pulls et les chaussettes. Le reste, les raisons de mon départ, se sont incrustées dans des objets, mon livre, mon Ipod, mon agenda. Mais je savais que celles-ci étaient du voyage. Je savais que celles-ci allaient me suivre. J'oubliais tout. Mes problèmes dans mon sac, j'ai pris le métro.

Évidemment, j'y ai pensé. Je ne pouvais pas oublier pourquoi je partais. Mes problèmes sont ressortis, isolés dans les objets qui me suivent. Surgissant dans la musique que j'écoute, tapis dans le châle dont je me couvre, dissimulés dans les lignes de mon livre. La douleur est là. Elle défile avec le paysage. Il fait nuit et je ne la vois plus, mais je la sens. Dans le train, mes voisins me regardent et je ferme les yeux. Ils ne peuvent pas avoir de problèmes, ils sont amoureux. J'ai le cœur moins lourd, dans le train. Mais je sais que ça reviendra demain.

Le train avance et je n'ai plus d'idée. Il ne me reste plus que des certitudes. Que je vis, que j'ai mal, que je ne sais pas quand ça ira mieux, que je vais mourir un jour et qu'hier encore j'aurais voulu que ce soit pour aujourd'hui. Voilà pourquoi je suis dans le train. J'écoute une chanson en boucle. La même phrase. J'écoute mille fois la chanson pour cette phrase. Je suis morte de jalousie, parce que j'aurais voulu l'avoir écrite ; je trouve ça injuste. Le train avance. Je me sens à l'abri. J'ai fui Paris. J'ai envie que le voyage dure parce que je me sens entre parenthèses. Mais j'ai envie d'arriver parce que j'ai envie de fumer. Le train roule et je ne peux m'arrêter de penser. Est-ce que les choses seront différentes lors du trajet de retour ? Est-ce que j'y verrai plus clair ? Est-ce que j'aurai moins mal ? Je sais juste que ça ne sera pas fini... J'ai pris le train pour aller loin, mais je sais que je devrai faire demi-tour. Et je pose le pied dehors. L'air a changé, j'ai un peu moins mal. Parce que j'aurai autre chose à penser ce soir. Boire une bière dans la cuisine, ranger mes affaires, lire un peu en priant pour y arriver et dormir, dormir, dormir sans rêver en priant pour y arriver. Au retour, qui sait, peut-être que les choses auront changé.

***

Je fais toujours exprès de bien marcher dans la boue. Je cherche les tas de boue pour y imprimer mes semelles avant de les claquer dans les flaques d'eau. Je monte même sur les tas de fumier. Ça sert à quoi, sinon, les bottes en caoutchouc ? Oui, je suis parisienne. Oui, j'organise mes promenades en fonction de là où je peux salir mes bottes rien que pour le plaisir de constater que mes chaussettes restent bien sèches. On dit bien que la campagne, c'est des plaisirs simples non ? Parce que quand j'étais petite, j'avais lu un roman pour enfants où l'héroïne exprimait un gros chagrin en disant qu'un éléphant s'était assis sur son cœur. Et moi aujourd'hui, c'est un animal beaucoup plus lourd qui s'est vautré sur le mien. Un dinosaure, au moins. Alors j'ai bien le droit de les dégueulasser, mes bottes.

J'ai emporté un carnet dans ma valise pour écrire dedans. Je regarde les pages blanches. J'aurais peut-être envie de faire couler de l'encre à l'intérieur, juste pour le plaisir de former des lettres avec la pointe d'une plume. Mais je sais pas quoi lui dire, à ce carnet. Je gribouille trois mots dedans puis j'arrache la page. J'ai fait une rature.

Mon téléphone vibre quand je me réchauffe devant la cheminée. C'est un message de Julien qui s'affiche sur l'écran. Le premier message depuis trois jours, depuis notre rendez-vous guillotine : « Tu as laissé une brosse à dents et un livre chez moi.

- Tant pis.
- J'aimerais bien te voir pour te les rendre. Je peux passer en bas de chez toi ce soir si tu veux.
- Je suis à la campagne.
- Tu en as de la chance. Moi aussi j'aimerais bien prendre l'air dans les champs.
- Il y a des escargots.
- Tu me manques. Je vais prendre un bain.
- Aussi.
- Toi aussi tu vas prendre un bain ?
- Non. »

Fin de la conversation digitale.

***

Paris, enfin. Retour à la maison. J'ai soupiré en posant ma valise, me suis traînée un peu partout avec mes chaussons dans l'appartement sans rien faire en particulier alors qu'il est minuit passé. Jusqu'à ce qu'un bruit arrête net mon errance inutile. Téléphone. Un message. « Margot, je suis un con qui pense à toi. » Je me couche sans penser. Je répondrai demain.

Sauf qu'à huit heures du matin il m'envoie « Oublie-moi » pendant que je me brosse les dents. Je réponds « Non », tout simplement, mal réveillée avec la tête de la brosse coincée entre les dents et du dentifrice qui coule sur l'écran.

Non. J'ai pas envie. De l'oublier. Parce que j'ai déconné. Parce que j'ai joué les dures. Et que j'ai rien d'une dure. Non. Parce que j'ai été stupide. J'ai bêtement écouté ce que disaient les autres et mon intuition erronée. J'ai voulu me construire une armure mais au final, au lieu de me protéger, il s'est méchamment cogné dessus et à moi aussi, l'impact a fait mal. Alors avec mon non je l'enlève, ce déguisement. Il sert à rien et il est trop lourd. Parce que Julien en fait, c'est pas du tout le monstre qu'on m'a montré du doigt. C'est celui qui a replacé une mèche de mes cheveux près d'un sapin. Pas l'éventreur d'ours. Pas le mangeur d'enfants. C'est juste un garçon qui est tombé amoureux de moi. C'est pas si grave. Et s'il se lave vraiment qu'une main à la fois, tant pis. Alors je réponds non. Parce que c'est ma faute.

***

Et je retourne au travail, ce matin. Mon parapluie s'est cassé à cause du vent, le bout de mes chaussettes est tout humide à cause des flaques d'eau. On n'est plus à la campagne. Pas de boue, pas de bottes en caoutchouc. Mais des parapluies qui se cassent et de l'eau dans les chaussettes. Rien ne me met de plus mauvaise humeur que de l'eau dans mes chaussettes. L'eau dans les chaussettes, c'est encore plus désagréable qu'une dispute, qu'un mauvais film, qu'un sac de courses qui se troue, qu'une poignée de main molle. Et j'y ai droit dès que j'arrive au bureau, aux poignées de mains molles dans mes chaussettes mouillées. Une journée qui commence bien.

Une journée agréable, avec des faux sourires, des coups de fil toute la matinée, ma voix qui se déguise dans le combiné. Pause déjeuner. Sandwich dégueulasse dans mon bureau parce que je mange toujours toute seule. Pas envie de me forcer à faire la conversation avec des gens qui ont des feuilles de salade coincées entre les dents, pas la force de faire semblant de les écouter raconter leur vie, pas la force d'essayer de ne pas me sentir gênée d'être la fille du patron, de devoir prouver que je mérite d'être ici, pas le courage de m'asseoir avec des salariées en tailleurs parce que pour moi c'est comme un film d'horreur. Je déteste les tailleurs. Ça me fait peur. C'est moche. C'est austère. Moi je mets des baskets. Et des jeans. Voilà, c'est aussi pour ça que je déjeune toute seule. Parce que je mets des jeans.

Alors je mâche un jambon dégueulasse coincé dans du pain dégueulasse en répondant à des mails dégueulasses.

« Margot, je suis désolé. » Je l'avais pas vu celui-là. Je viens de le recevoir. Julien. C'est vrai, je lui avais donné ma carte de visite avec mon adresse électronique. Je pensais qu'il l'avait perdue, ou jetée. Parce qu'en la lui posant dans la main je m'étais dit c'est con, de lui donner, il en a pas besoin, pourquoi je lui donne, il va la jeter ou la perdre, et puis ça sert vraiment à rien, ça ressemble à rien, tant que j'y suis j'ai qu'à lui donner mon numéro de sécu. Mais bon, elle était déjà dans sa poche avant que je termine mes élucubrations stériles.

« Je comprends, réponds-je sur le clavier.
- C'était bien la campagne ?
- Oui, vraiment. »

Seize heures vingt-deux. Dernier message posté à quatorze heures vingt-quatre. J'attends une suite, bêtement. Elle ne vient pas. Il faudra attendre dix-sept heures seize : « Je t'emmène quelque part ce soir. À vingt heures sur le Pont de Grenelle. »

***

Pourquoi le pont de Grenelle ? C'est le pire des ponts. Le plus moche. Le plus déprimant. Pourquoi un rendez-vous sur un pont, au mois de février en plus ? C'est pas une adresse, un pont, y a pas de numéro, et puis un pont, c'est long. Et puis c'est con, je sais bien, mais moi j'ai toujours peur que ça s'écroule. Je l'attends où alors ? Au milieu comme une gourde ?

Il finit par arriver par la gauche alors que je l'attendais en regardant vers la droite. On se dévisage, un peu. Il a coupé ses cheveux et il a un peu grossi. Après m'avoir bien étudiée comme s'il vérifiait que c'était bien moi devant lui et qu'on ne le trompait pas sur la marchandise, il me prend par la main et me dit juste « viens ». On ne va pas non plus vers la rive que je croyais. Je ne pose pas de question. Il y a un truc qui tire dans mon ventre et je crois que c'est parce que je suis un peu contente et un peu inquiète. Mais je finis quand même par m'étonner :

« Mais pourquoi tu m'emmènes au Sofitel ?
- Tu verras.
- Je pensais pas que tu allais m'emmener dans un hôtel, c'est bizarre comme idée…

- Mais non patate, il y a un restaurant japonais incroyable dans le Sofitel, c'est là que je t'emmène.
- Ah... »

C'est vrai qu'il est incroyable, ce restaurant au quatrième étage, avec des baies vitrées qui donnent une vue panoramique sur la Seine et le brouillard. On le voit bien, le brouillard. Parce que la gentille dame de l'accueil nous a installés sur le coin du bar où travaille le chef cuisinier. On le voit faire sauter du foie gras cru, des gambas, des tas de choses sur une immense plaque et derrière lui, il y a ce grand bloc de verre dans lequel on peut voir nos reflets, la Seine et le brouillard. C'est tellement beau que c'est presque douloureux.

Ouvrant la bouche pour la première fois de la soirée, après qu'on ait commandé, il me demande :

« Margot, tu voudrais bien qu'on reprenne tout à zéro ?
- Zéro ? Zéro de vraiment zéro ?
- Oui.
- D'accord. »

On se tient la main sur le bar. Nos doigts restent entrecroisés quand la dame vient verser de l'azote liquide sur la surface pour faire de la fumée bleue. On a les mains dans la fumée. On a des sourires dans les reflets. Sur la grande glace de brouillard. Il me demande mon prénom.

***

C'est février. C'est là où on fait comme on a dit. Qu'on reprend tout à zéro. Qu'on chiffonne le brouillon du premier nous pour en dessiner un autre. On s'applique, on s'applique vraiment mais on le fait pas exprès. Je réponds à tous ses messages, à tout ce qu'il me dit. On se rejoint presque en courant quand on ne travaille pas. Je prends des taxis à six heures du matin pour rentrer chez moi après l'avoir réveillé pour lui dire au revoir, après être sûre qu'il ait ouvert un de ses yeux verts pour me voir m'en aller. Je me dis que je vais souvent y penser, à ses yeux verts qui tombent. Il me dit je les aime pas mes yeux parce qu'ils tombent, on dirait un cocker. C'est justement parce qu'ils tombent qu'ils sont beaux, ses yeux verts.

C'est février. Le mois où il vient me chercher au sortir de mes dîners, de mes quelques soirées, le mois où de loin il dévisage mes amis. C'est le mois où il m'appelle souvent pour me dire qu'il m'emmène au cinéma immédiatement là tout de suite parce que ça peut pas attendre demain. Le cinéma, c'est très important. Souvent en sortant on décide d'aller voir un autre film tout de suite après. Le mois où l'on fait des orgies de sushis avant qu'il aille travailler. Le mois où j'ai l'impression que l'adrénaline fait tout à ma place. Je dors à côté de mon téléphone, je ne vois presque plus mes parents, je ne caresse mon chat que pour déculpabiliser de ne plus penser à le faire comme avant, je commence des bouquins que j'abandonne au bout de quelques pages.

Le temps que je passais à ne rien faire de précis, je l'emploie maintenant à envoyer valser des montagnes de vêtements du placard à mon lit, pour les donner à la Croix Rouge ou à la poubelle. Parce que j'en ai marre du noir. Parce que maintenant je veux des couleurs. Alors je vais racheter des habits. Noirs, en fait, vraiment pas fait exprès. Je me dis que c'est pas grave, que mes jeans sont bleu foncé. Bleu foncé, c'est quand même une couleur. Tant pis.

Il me téléphone parfois tôt le matin quand je ne travaille pas parce qu'il vient de rentrer d'une soirée. Il me demande de venir alors qu'il sait qu'il va dormir. Mais il veut quand même que je sois là. J'attends qu'il s'endorme. Puis je me lève et tourne en rond dans le salon un livre à la main, vêtue de la chemise et de la paire de Burlington qu'il a enlevées avant de se coucher. Je traîne des pieds sur le parquet dans ses chaussettes. Parfois, sa femme de ménage arrive à ce moment-là. Alors je le rejoins dans la chambre pour lire et le regarder dormir.

Le regarder dormir. Je fais ça très souvent. Ça fait partie de mon emploi du temps. Je m'ennuie, quand il dort. Mais je m'ennuie moins que toute seule. Je le vois se retourner dans son sommeil. Je le regarde faire des gestes dont il ne saura jamais qu'il les a faits. C'est pour ça qu'il m'a appelée, on dirait. Pour le regarder dormir. Il n'appartient même plus au monde quand il dort et ça m'énerve un peu. J'écoute sa respiration. Je voudrais le réveiller, le secouer juste un peu pour l'entendre grogner mais j'ose pas. J'ai l'impression de perdre de ma cohérence. Le sommeil m'a pris Julien, il me le rendra dans quelques heures. J'ai le temps de lire quelques chapitres.

***

Ça fait dix jours que je regarde ses yeux fermés qu'il n'ouvre plus. Son corps tranquillement allongé sous les draps. La quiétude de son visage. Il ne dort pas. Il ne bouge pas. Il n'est pas mort non plus. Je sais pas. On appelle ça le coma.

Ça fait dix jours. Il ne m'a pas appelée pour que je vienne le regarder. C'est la police qui m'a téléphoné. J'ai rien eu à leur dire, ils m'ont vite laissée tranquille. Ils hésitent, ces messieurs, entre la thèse du règlement de comptes ou celle d'un simple braquage :
« Où étiez-vous dans la nuit du trois au quatre mars ?
- Chez moi. Je dormais.
- Vous a-t-il dit où il allait ?
- Oui, il allait travailler dans une boîte de nuit. Dans le huitième, il m'a dit.
- Vous êtes sa petite amie.
- Oui.
- Vous vivez ensemble ?
- Non.
- Vous connaissez son entourage ?
- Non.
- Savez-vous s'il a des ennemis ?
- Aucune idée.

- Vous vous connaissez depuis combien de temps ?
- Six ans, un peu plus.
- Et vous n'en savez pas plus que ça ?
- Non. »

Je m'en fous moi. Une balle a traversé son ventre. C'est la seule chose que je trouve vraiment importante. Je m'en fous de savoir pourquoi. Je m'en fous de savoir comment.

Tout ce que je sais c'est que les médecins savent pas. Ils me disent il peut mourir. Ils me disent rester handicapé. Ils me disent amnésique. Ils me disent des années. Ils me disent toute la vie. Ils me disent on peut pas savoir mademoiselle.

Alors tous les jours je prends l'ascenseur de l'hôpital. Avant il m'aurait effrayée, cet ascenseur. Je monte dedans sans savoir qu'il me fait peur. Je reste avec Julien pendant des heures. Je n'ai jamais vu personne venir. Je savais pas qu'il était seul au monde. Tellement de connaissances, tellement de coups de fil, tellement de claques dans le dos. Personne dans la chambre quinze.

Ils sont vraiment à chier tes amis, je lui dis.

Il paraît qu'il faut parler aux gens dans le coma. Il paraît que ça les stimule ou je sais pas quoi. Alors je lui raconte toute ma vie. Parfois j'en ai marre, je me dis que si ça le réveille pas c'est qu'il s'en fout alors je m'énerve : mais réveille-toi, merde à la fin ! Tu vas pas rester comme ça toute ta vie non ? Ça ressemble à rien de dormir toute sa vie sans ouvrir un œil. C'est pourri, c'est nul ! En plus il fait super beau dehors. Regarde-moi ce ciel, on aurait pu aller au cinéma... Tu fais chier Julien. Je déteste l'hôpital. J'ai la phobie des hôpitaux. J'ai peur des médecins. Et puis j'aime pas ce quartier. Allez, réveille-toi, on s'en va...

Écoute, on vient juste de se retrouver. Ce serait vraiment con de mourir maintenant tu crois pas ? On s'est perdus de vue pendant des années, il y a des tas de choses qu'on a pas pu faire. Tant pis, si tu te réveilles et que tu te souviens plus de rien. Moi je te raconterai tout. Tant pis, si tu as tout oublié. Je te réapprendrai à parler, à pas baver. Je te réapprendrai les couleurs, les formes et tous les mots. Même que si tu veux on en inventera d'autres, des mots. Des mots plus courts ou des plus longs, des mots qui veulent dire plusieurs choses à la fois, des mots avec des syllabes bizarres et des pas bizarres, on peut faire tellement de choses, Julien...

Bon d'accord, elle était nulle, l'idée des mots...

FINAL

J'ai vingt-six ans. Vingt-six ans et les deux jambes tellement raides, debout sur le parquet du salon. J'ai pris racine. Mes pieds se sont cloués au sol, ça fait longtemps que je n'ai pas bougé, longtemps que j'ai arrêté de crier, longtemps que mes yeux ont perdu toute expression. Il me crucifie encore une fois de ce regard de haine et persifle le énième et dernier « C'est fini ».

Oui ça y est, il est midi. Le premier c'est fini, c'était à minuit. Douze heures qu'il m'insulte en ramassant ses affaires. Une nuit à se battre, à hurler, à pleurer. Une matinée sous les injures, les griffures et les crachats. Toute la nuit, il m'a répété qu'il ne me supportait plus. Toute la matinée, il a rassemblé ses affaires en m'insultant. Toute la nuit, je l'ai écouté, j'ai pleuré, je l'ai vu rire, je l'ai frappé, il a serré mes poignets. Toute la matinée, je l'ai écouté, je l'ai griffé, j'ai jeté ses affaires qui se sont répandues dans tout mon appartement. Et je me suis tue. J'ai fini par ne plus bouger. Je me suis subitement figée dans le salon, devant la porte de la chambre et je me suis arrêtée. Net. J'ai attendu. Il s'est excusé plusieurs fois, je gênais le passage, il m'a bousculée plusieurs fois. Mais je n'ai pas bougé. En douze heures je n'ai jamais dit non, en douze heures je n'ai pas cherché à le retenir, ni essayé de comprendre. Et je suis restée plantée là. Petite garce. Je serre les poings, je ne réponds pas. Pauvre petite fille pleine de haine. Je serre les poings, je ne réponds pas. Tu vas être bien seule maintenant, dans ton appartement. Je serre les dents, les poings, les larmes. Et je ne réponds pas.

Je vois sans regarder ses allées et venues pleines de paquets de tee-shirts et de colère, de sacs en plastique, de boîtes à chaussures. Il a mis les siennes et il fait plus de bruit que cette nuit quand il marche. C'est au moment où il marchait sans chaussures que je lui ai dit qu'il ne me reverrait jamais s'il partait. Il a ri, quand j'ai dit ça. Il a ri et je me suis jetée sur lui pour le frapper. Je me suis dit que si je le frappais, alors je ne pleurerais pas. Mais quand il m'a soulevée comme une plume pour me jeter sur le lit, la taie d'oreiller a dû absorber les larmes qu'il n'a pas vues. Je ne bouge pas et je vois sa nuque, les taches sur son tee-shirt dans lequel il transpire abondamment, la difficulté avec laquelle il essaye de tout faire tenir dans ses sacs.

Ça dure. Ça dure une éternité. Ça n'en finit pas. J'ai pas envie qu'il s'en aille et en même temps j'ai envie que tout soit rompu. Je ne bouge toujours pas. Je voudrais bouger mais je peux pas. J'ai des crampes partout à force de rester immobile. Tous mes muscles se sont contractés. J'attends qu'il s'en aille, alors peut-être que je pourrai faire un pas.

Toujours en chemise de nuit, plantée là. Il me regarde, je ne bouge toujours pas. « Tu veux rester mon amie ? » De ma bouche sort un tout petit non. Un petit non qui ne laisse aucun espoir, aucun peut-être. Non. Un vrai non. Un non après lequel j'avale ma salive tandis qu'il se relève et ouvre la porte. Toutes ses affaires posées sur le palier, il me regarde une dernière fois, froidement. « Salut, Margot. » Il attend, je reste muette. Il sort et referme doucement la porte.

Je l'entends charger ses affaires dans l'ascenseur. Puis le bruit de l'ascenseur qui se referme et redescend. Je ne sais plus comment j'ai atterri par terre. J'ai dû tomber mais ne m'en souviens pas. Je ne me suis même pas entendue commencer à pleurer.

***

Trois jours. C'était il y a trois jours. Je ne suis pas sortie de chez moi une seule fois. J'avais acheté une cartouche de Camel avant la dispute. Sans le savoir, j'avais bien fait. Je n'ai pas fait mon lit, je n'ai touché à rien, je n'ai pas rangé ce qui a été dérangé, je laisse s'accumuler un peu de vaisselle sale lorsqu'il m'arrive de manger. Je ne me suis jamais rhabillée, depuis trois jours, je hante mon appartement en fumant, vêtue d'un tee-shirt sale qu'il a oublié. Le téléphone n'a jamais sonné. C'est moi, qui suis sonnée. Je regarde la télévision éteinte. Je tourne en rond et me cogne souvent. J'ai plein de petits bleus. Je vais dans la cuisine quand ça tire dans mon ventre. Parfois, j'y vais juste pour ouvrir la fenêtre sur la cour et écouter mes voisins se disputer. Juste pour ça. Je vis dans une espèce de somnolence, mes gestes sont lents, hagards quand je me débarrasse de choses qui me disent qu'il est parti ; quand j'enlève les photos de nous dans les cadres, que je range loin, très loin de moi les cadeaux qu'il m'a offerts, les post-its griffonnés de mots d'amour qu'il m'a collés un peu partout, ses lettres, nos tickets de cinéma, les cassettes de films de vacances, la bouteille de champagne vide de nos trois ans et tant d'autres choses. J'ai trouvé de la place pour cacher tout ça. Un placard où je range tout ce dont je n'ai pas besoin, ou presque pas. J'ai enfoui ces souvenirs au fond, bien au fond de l'étage le plus haut et je les ai cachés derrière mes affaires de ski. J'en ai jamais besoin, de mes affaires de ski.

***

Trois semaines. Après ces trois jours à la maison, je me suis remise à aller au travail. Ce travail que je n'aime toujours pas. Que je déteste de plus en plus. Depuis trois ans maintenant je me demande tous les jours ce qui me plairait de faire à la place. Il s'en dégage que je n'aime rien.

Trois semaines au travail. Quand je n'y suis pas, je m'enferme chez moi. On est fin janvier et il neige. Et marcher seule sous la neige m'est insupportable. Je me dis que j'ai de la chance qu'il ne m'ait pas quittée avant Noël ; j'aurais eu le cœur qui hurle sous les ampoules et les guirlandes, ça me semble encore pire qu'avoir le cœur qui hurle sous la neige. Quand j'avais dix-sept ans je disais que j'en avais pas une vraie, de vie. Maintenant j'ai tellement mal que je ne me suis jamais sentie aussi vivante.

De retour à l'appartement, je continue à regarder la télévision éteinte et mon pyjama vient se mettre sur moi dès dix-huit heures sans que je lui aie rien demandé. J'écris beaucoup par contre, je me suis rendue compte que j'écrivais tous les jours dans un gros carnet, sur tout et n'importe quoi, que ça me vient comme ça et que c'est la seule chose que je fais pour de vrai ; alors ce carnet, je l'ai toujours sur moi maintenant. Mon téléphone sonne plusieurs fois par soir, et régulièrement les samedis et dimanches matin, après-midi et soir. C'est toujours ma mère. C'est presque toujours ça :

« Comment ça va mon lapin ?
- Ça va.
- Qu'est-ce que tu as fait aujourd'hui ?
- Rien, enfin la même chose que tous les jours.
- Tu devrais sortir.
- J'ai pas envie.
- Il faut que tu te forces.
- Pas maintenant.
- Tu manges au moins ?
- Oui, ne t'inquiète pas... Je me sens seule, maman... »

Et c'est en général comme ça que je commence à pleurer. La suite logique :

« Pleure pas mon ange.
- T'es drôle toi ! Comment veux-tu que je ne pleure pas ?
- Je sais c'est très dur. Mais tu es très jeune, ça va aller, ça va se passer.
- Je sais pas.
- Pourquoi tu viens pas dormir à la maison ?
- J'ai pas envie.

- Tu viens prendre le thé avec moi demain ?
- Je sais pas, je sais pas... Je t'appelle demain.
- D'accord. Bon tu vas faire quoi maintenant ?
- Je vais me coucher.
- T'as raison, repose-toi.
- Je t'embrasse maman. À demain, je t'aime.
- Moi aussi mon chat. »

***

Justement, ce vendredi-là, tout juste atterrie à dix-sept heures sur le trottoir en sortant du travail, j'allume une cigarette avec une furieuse envie de ne pas rentrer chez moi. J'appelle ma mère et la rejoins pour prendre le thé. Parce que ce matin ça allait pas. Comme d'habitude, j'avais mis des dessins animés pour accompagner le petit déjeuner, pour réussir à manger. Me mettre des dessins animés, c'est comme si je me faisais l'avion toute seule avec ma cuillère de céréales. Pour que ça passe. Mais ça marchait pas alors je me suis habillée. J'étais en train d'enfiler mes bottes quand j'ai entendu la télé s'exclamer avec une petite voix aiguë « Mais non ! Le tango, ça se danse à deux ! Hihihi. » Et moi d'imiter ironiquement le hihihi avant de maugréer dans ma barbe « c'est vrai que c'est vachement drôle... » Puis j'ai éclaté de rire de ma propre aigreur. De ma propre absurdité. J'ai éclaté de rire. Avant de fondre en larmes. Le tout en enfilant mes bottes.

Tout m'énerve. Tout m'énerve. Je voulais aller engueuler ma voisine, celle qui laisse continuellement ses sacs poubelle sur son paillasson avant de les descendre. Parce que j'ai toujours trouvé ça dégueulasse. Et depuis qu'il est parti je trouve ça encore plus dégueulasse. Seulement, ça fait deux semaines que je n'ai pas vu de poubelles sur le paillasson. Je voudrais presque qu'elle en remette pour aller frapper à sa porte et l'insulter. Mais j'ai plus aucune raison d'aller l'engueuler. Et ça m'énerve.

Pourtant j'étais fâchée contre ma mère, cet après-midi. Parce que quand elle me téléphone sur ma ligne au bureau, elle doit croire qu'elle tombe sur un standard et le pire, c'est qu'elle ne reconnaît pas ma voix. Ça me vexe. Ça me vexe vraiment très fort alors avec le chagrin, tout ça, c'est encore pire. Comment peut-on mettre quelqu'un au monde, l'aimer comme elle m'aime et pas être foutu de reconnaître sa voix dans un putain de téléphone ? Je me suis vengée.

« Je voudrais parler à ma fille
- Ah désolée mais elle n'est pas là, madame, je peux prendre un message ?
- Mais elle est où ?
- Elle a dit qu'elle partait ramasser des betteraves et qu'elle reviendrait dans deux ou trois semaines.
- Mais... C'est une blague ?
- Non madame.
- Et mon mari ? Il est là aujourd'hui ? Vous pouvez me le passer tout de suite ?
- Il était là mais il vient de partir faire un tour en montgolfière... Je suis désolée.
- Mais vous vous moquez de moi !

- Non non, pas du tout, il a dit qu'il en avait marre et il est parti... Ah et oui, j'oubliais : il est parti tout nu aussi...
- ... Margot ! T'es vraiment con ! »
Elle a bien rigolé. Moi ça m'a pas fait rire.

J'entre chez mes parents. Depuis que je n'habite plus ici, je trouve le salon de plus en plus grand. Avant, je le trouvais normal. Un salon de quatre-vingts mètres carrés, quoi de plus banal ? Et puis on avait un chat aussi. Mais maintenant je m'y sens paumée. C'est trop grand, ça sert à rien. Je suis assise sur le même canapé que ma mère. Parce que je veux qu'elle soit près. Parce que je pleure, surtout. Comme un bébé, un chagrin d'enfant. Elle tient ma main, me sourit, me parle doucement mais fermement, de choses graves et de choses futiles et moi de répondre en pleurs.

« Il devait pas être fait pour toi, ce garçon... T'en as pas marre de mettre tous les jours le même pull ?
- Non.
- Je veux bien, mais quand même, t'en as d'autres, des pulls.
- Oui mais c'est celui-là que j'aime !
- Et ton jean ! Tu t'habilles pareil tous les jours. Et tu dois avoir froid avec ce manteau, il est pas assez chaud... Et l'écharpe ! Enfin...
- J'ai rien envie de mettre d'autre, j'ai envie de jeter tout mon placard par la fenêtre, je déteste tous mes vêtements.
- Bon, on ira t'en acheter.

- J'ai pas envie. J'm'en fous, des fringues ! J'aime pas, les fringues ! Je sortirais à poil si je pouvais !
- Dis-donc, t'es agréable quand t'es malheureuse... »

À mon absence de réponse, elle s'en veut, fait une pause et reprend son catalogue oral de suggestions bienveillantes qui m'énervent :

« Pourquoi tu viens pas à la campagne ?
- Parce que ! »

Elle m'exaspère avec sa campagne ! C'est toujours la solution à tout, pour elle, la campagne ! Quoi qu'il arrive de désagréable, automatiquement la campagne ! Comme si la bouse de vache, la boue et les péquenauds pouvaient tout résoudre. Ça ferait désordre, y aurait plus grand monde en ville. T'es pas bien, t'es triste, t'as un ongle cassé ? Bah, viens à la campagne ! Un rhume, une tache de Javel, un décès, un tremblement de terre, un truc de coincé dans une molaire ? La campagne. Et ça continue...

« Pourquoi tu vois pas des amis ?
- Parce que j'en ai pas.
- Mais si, mais si. Pourquoi tu dis ça ? Il y a bien Truc. Et Machin. Il est gentil, Machin. Et Bidule, tu le vois plus, Bidule ?
- C'est pas des amis, maman ! J'ai-pas-d'a-mis ! J'ai pas de confidents, je raconte ma vie à personne, je me fais pas de masque à l'argile avec des copines en racontant des ragots. Les masques à l'argile, je les fais toute seule. De toute façon j'en fais même plus ! Ce sont des gens que je vois quand je m'ennuie, des bouche-trous. Et quand je

les vois, ça dure pas plus d'une heure. Parce qu'ils m'ennuient encore plus que si je les avais pas vus ! Ils sont moisis.
- C'est triste, ce que tu dis.
- Oui c'est triste. JE suis triste. J'ai toujours été quelqu'un de triste. Je suis pas une marrante. Je suis pas un clown. Je suis née pas drôle, je changerai pas !
- Qu'est-ce qu'il faut pas entendre... Enfin, c'est le chagrin qui te fait dire des bêtises... Mais on va quand même aller chez le coiffeur.
- J'aime pas les coiffeurs.
- Oui mais là il faut que tu fasses un effort. T'es une belle fille, tu t'habilles pas, tu te coiffes pas. Tu vas finir par devenir laide.
- J'm'en fous d'être pas belle ! Je m'en fous, maman ! Je m'en fous. Je m'en fous. Je-m'en-fous ! »

Et cetera, et cetera.

Au bout d'une heure, j'ai plus de larmes et je me calme. Je me sens un peu bête, aussi. Ma mère se lève sans rien dire et s'absente un instant. J'ai pas envie qu'elle s'en aille, même pour aller dans une autre pièce. Parce que je suis venue exprès pour la voir, ou plutôt, pour qu'elle, elle me voit. Alors je guette la porte depuis le canapé, comme un animal inquiet qui voit son maître sortir avec une valise. Lorsqu'elle revient, elle tient dans la main ce cahier, celui dans lequel je suis en train d'écrire. Son visage arbore un sérieux qui me fait peur, je me redresse, les yeux écarquillés.

« Tu l'as lu ! m'exclamé-je, accusatrice.
- Non, les trois premières pages seulement, tu sais que je ne suis pas du genre à fouiller. Mais l'autre jour en faisant du rangement dans ta chambre, je suis tombée dessus.
- Et ?
- Margot, arrête de te chercher : tu dois écrire.
- Mais je le fais déjà. »

J'attrape mon sac, énervée, fouille dedans en marmonnant comme un papi aigri et sors ce carnet dans lequel j'écris tous les jours. Par pudeur, je ne lui remets pas dans les mains. Mais de loin, je l'ouvre et tourne rapidement les pages remplies. « Tu vois, j'écris tous les jours. »

J'hésite un peu, puis je sais pas pourquoi, tout d'un coup, je me sens un peu fière. « Tu veux que je te lise quelques textes ? » Je sélectionne, je réfléchis, j'ai la voix qui tremble, je me sens rougir et glacer. Je lis à haute voix, pleine de conviction et bourrée de trac. À la lecture d'un texte, j'entends ma mère rire ; je souris et continue mais son rire ne s'arrête pas, je m'interromps et la regarde rire, contaminée, je ris avec elle et nous ne pouvons plus nous arrêter. Je remercie Dieu de m'avoir donné la vie, rien que pour ce moment-là. Une fois l'orage passé et les larmes essuyées, je reprends la lecture de mon texte. C'est au point final qu'elle me fixe quelques secondes avant de parler.

« Tu dois t'y mettre. Tu dois te faire publier. Tu écris depuis toute petite ; tu écrivais des histoires dès que tu as su écrire. Je le sais depuis longtemps, c'est ta voie. Ce cahier que je

viens de te rendre... je l'avais acheté peu avant tes dix-huit ans, je ne sais pas trop pourquoi, je ne m'en souviens plus. Ce dont je me rappelle, c'est de l'avoir posé sur ton bureau, parce que je savais que tu étais capable de le remplir. Et de le remplir bien.
- Je m'en souviens. Je l'ai trouvé un après-midi, j'ai réfléchi cinq minutes en le tripotant, et je me suis mise à écrire dedans.
- Alors à partir de maintenant, ne fais que ça. On trouvera une solution pour te dégager plus de temps, pour que tu puisses te concentrer là-dessus. »

Elle a raison. C'est ce que je me dis deux heures plus tard, en descendant les escaliers avec les trois sacs plastique prêts à craquer sous le poids des denrées alimentaires qu'elle a jetées dedans. Je laisse tout pourrir dans mon frigo parce que j'ai pas envie de manger sans Julien. Et si j'ai faim, j'oublie de manger. Elle le sait bien. Mais elle est complètement folle, ma mère. J'ai pas eu mon mot à dire :

« Des céréales. Tu veux des céréales ?
- Nan, peux pas, plus de lait.
- Tiens, deux bouteilles de lait frais !
- Ouf ! C'est lourd...
- Tiens, tiens, des yaourts, du vin, des biscuits, une brandade de morue, du lemon curd...
- Arrête maman, j'en ai pas besoin, et puis j'ai de l'argent tu sais, c'est moi qui oublie de faire mes courses. J'irai demain, promis. Et puis ça se périme, tes trucs, je vais jamais manger tout ça. Et je peux pas trimballer tout ça dans le métro.

- Mais si mais si. Allez, tiens, de la soupe, un paquet de riz, six canettes de bière, un bidon de cinq litres d'eau, un...
- ARRÊTE MAMAN ! »

En attendant, je viens juste de comprendre ce pour quoi j'étais faite. Je viens seulement de trouver une raison à mon manque d'ambition, à ma hantise de l'école, à l'absence totale de motivation pour mes études, à mes incertitudes permanentes sur mon orientation, à mon envie de rien. J'ai toujours écris, j'ai toujours aimé ça mais je n'ai jamais jugé cette passion raisonnable. Ce qui explique très brutalement ces années gâchées. À ce compte, j'aurais jamais dû faire d'études. Même mon bac ne me sert à rien.

Je marche toute en feu vers chez moi. Excitée, je fume et je réfléchis. Ne faire que ça. Ne faire que ça. Se concentrer là-dessus. Ça me semble trop beau, trop magnifique, trop séduisant pour être honnête. Je me méfie, me demande où est l'arnaque. Mais je m'en fous en fait. Je vais faire ça. Je vais le faire...

***

Ça fait maintenant quelques jours que je ne fais que ça. Enfin...

Écrire. Boire du Schweppes. Prendre une douche. Penser à lui. Écrire. Changer de chaîne. Regarder sonner le téléphone. Écrire. Mettre son tee-shirt. Écouter les voisins s'engueuler. Faire une liste de courses. Écrire. Allumer une clope. Me ronger les ongles. Écrire. Laisser mourir les plantes. Écouter ma mère. Acheter des pains au chocolat. Écrire. Changer de parapluie. Mettre un pansement. Boire du Schweppes. Écrire. Regarder la télé éteinte. Hurler dans l'oreiller. Écrire. Dormir. Aller au travail. Prendre une aspirine. Pleurer. Écrire. Allumer l'ordinateur. Éteindre la télé. Jeter mes vêtements par terre. Écrire. Acheter un gâteau. Fumer. Prendre le métro. Regarder les cadres vides. Mettre son tee-shirt. Écrire. Boire du Schweppes. Prendre les escaliers. Regarder la poussière. Écrire. Ouvrir la boîte aux lettres. Penser à lui. Tirer du liquide. Mettre des bottes. Écrire. Baisser le chauffage. Retirer mes chaussettes. Écrire. Pleurer. Penser à lui. Mettre son tee-shirt. Boire du Schweppes. Écrire.

Je déteste pleurer. Avant ça me soulageait. Maintenant j'ai beau pleurer, me moucher, tousser, cracher, vouloir tout expulser, j'ai l'impression que c'est jamais assez, que c'est une feinte. Tout me reste à l'intérieur.

Parfois, je sors de chez moi pour acheter quelque chose à manger. Les mains dans les poches de mon imperméable, je traverse toutes les rues du quartier. Parce que j'ai envie d'un grec, mais sans la viande, qu'un panini du coup, c'est peut-être une bonne idée mais non parce que la boulangerie n'en fait pas le week-end. Un chinois pourquoi pas mais le traiteur est tout à fait dégueulasse, depuis la vitrine je peux le voir se curer le nez avec la plus grande application en marchant vers la cuisine, alors non. Une pizza, oui, une pizza mais il faudra que j'aille ailleurs pour acheter un dessert parce qu'ils ont pas de desserts que j'aime là-bas. Finalement, des sushis, c'est plus sain. Va pour les sushis, sauf que pour le dessert, c'est pareil, j'irai à la boulangerie après, alors. Ouf ! Sauf que sur la porte du magasin de sushis, il est marqué en gros « ouverture à dix-huit heures trente » et qu'il est dix-huit heures trois. Je reste à regarder la porte fermée en reniflant. Je mangerai à la maison, ce sera aussi bien. Le pain de mie est périmé que depuis hier, et il y a de la Vache qui Rit et de la confiture dans le frigidaire. J'ai tout ce qu'il me faut. Mais je renifle quand même.

Parce que je me fous de tout. Même des marque-pages. Avant, j'avais toujours des jolis marque-pages, partout, dans mes carnets, les livres que je ne finis pas, tous les trucs à pages que je feuillette. Avant je marquais les pages avec des vrais morceaux de papiers colorés et faits pour ça. Maintenant c'est des morceaux de paquets de clopes, des tickets de caisse. J'ai même une capsule de bouteille de bière coincée dans mon Larousse pour pas perdre une définition. Alors que même la définition, je m'en fous.

La nuit, je dors. C'est ça que je ne comprends pas. Je me couche et je dors. Mais je rêve de lui à chaque fois parce qu'il faut bien que ça merde quelque part dans l'histoire. Je rêve de lui et en général, je rêve que tout va bien. Que c'est comme avant. Ça fait des réveils sympathiques. J'ouvre les yeux en grand et paf, plus rien, bonne journée Margot. Je préfère encore les cauchemars que je fais une nuit sur trois où il n'est qu'un personnage secondaire, où il n'a qu'un rôle de figurant. Comme cette nuit où je courais dans les jardins du château de Versailles pour échapper à sa femme de ménage qui me poursuivait, je sais pas pourquoi. Je l'entendais crier mon nom et je hurlais sans me retourner « Laissez-moi, Bénédicte ! Laissez-moi ! » et tandis que je dévalais des escaliers pour descendre vers une fontaine, une douzaine de petits communistes chauves assis sur les marches murmuraient à mon passage : « c'est une honte, une honte de parler comme ça à sa femme de ménage ! » Heureusement que le réveil a sonné avant que tout le monde ne se lance à ma poursuite.

J'ai besoin de soulager mes colères mais j'y arrive pas. Comme avec les larmes qui refusent de calmer ma douleur, qui me la laissent s'engluer au fond de ma poitrine. Je peste toute seule. Je grogne, je marmonne, je hurle quelques fois. Mais je peux pas me permettre de faire ça dans la rue quand ça me prend. Trop peur de me faire enfermer ou qu'on me remette sous Prozac. Alors je sors mon téléphone et fais semblant de parler à quelqu'un pour que ça fasse normal :

« Nan mais j'en ai marre, m'arrive que des merdes je te dis ! J'ai envie d'assassiner la terre entière tellement j'suis en colère ! Entre l'autre qui me quitte et la boulangerie qui fait pas de panini le samedi j'en peux plus moi ! C'est plus compliqué de faire des panini le samedi ? Le fromage veut pas se mettre dans le pain le samedi, c'est ça ? Mais qu'est-ce que j'ai fait, bordel, pour mériter ça ? »

Si des passants me collent de trop près je dis « quoi ? qu'est-ce que tu dis ? » pour faire comme si, et je laisse un intervalle, le temps de laisser mon ami imaginaire s'exprimer. Puis :

« Oui, t'as raison, je dois être maudite. Bon, je te laisse j'entre dans le métro, ça va plus capter... »

De temps en temps, je reçois de vrais messages sur mon portable. Souvent le même copain qui a appris pour la rupture. « Comment va la plus jolie ? » Il est gentil, bien attentionné, il m'aime bien je sais. Du coup, j'ai pas envie qu'il sache que ça va pas. Je réponds une vérité : « Je suis en forme. Oui, mais en forme de quoi ? Ahahah. » Alors je reçois : « Très drôle. Tu es sûre que ça va ? Tu veux pas aller boire un café ? » Non non merci, oui-oui ça va...

Sauf qu'hier, je l'ai appelé, cet ami. Je pouvais pas faire autrement. J'étais paniquée, déroutée. Alors à minuit passé j'ai saisi mon téléphone en pleurs. Lui seul pouvait m'aider :

« Allô ?
- Tristaaaaannn...
- Margot ? Ça ne va pas ?
- Non, c'est horrible !
- Mais parle ! Qu'est-ce qui t'arrive ?
- Mon briquet ! Mon briquet marche plus. J'ai plus de feu...
- C'est tout ? C'est juste ça ?

- Mais il te faut quoi ! Tout est fermé, je peux pas aller en acheter maintenant ! Et puis je suis en pyjama, je te signale !
- T'es en manque de nicotine à ce point-là ?
- Oui ! J'essaye de fumer mentalement mais j'y arrive pas encore !
- Tu veux que je vienne t'apporter du feu ?
- Oui, glurps ! Oui j'veux bien.
- Bon je serai chez toi dans quinze minutes. Pleure plus ma belle.
- D'accord. »

Je désobéis. Je raccroche et je pleure deux fois plus fort. Je me colle sur la porte pour l'attendre. J'ai jamais pleuré devant les copains, c'est bizarre comme sensation. Il est tout surpris quand il arrive. Il regarde mon pyjama, il n'a jamais vu ça. Un grand tee-shirt I FUCK YOUR MOTHER, un bas de pyjama avec des motifs en ratons laveurs et des chaussettes de ski. Il me prend dans ses bras pour me réconforter mais je ne veux que du feu. J'attrape son briquet dans la poche de son manteau pendant qu'il dégouline d'affection sur moi. Il est resté, pendant que je carbonisais allègrement mes poumons. Il m'a parlé gentiment. Le problème, c'est que ça me fait toujours pleurer plus fort, moi, quand on me parle gentiment. Il savait plus quoi faire, le pauvre. Il tenait pas à me laisser seule, alors il a dormi avec moi dans mon lit. Il a tenté un petit rapprochement l'air de rien mais je lui ai mis un coup de coude dans le ventre. Réflexe. Faut qu'il arrête d'être amoureux de moi.

Faut qu'ils se calment, les garçons en général. Entre les copains qui cherchent à me consoler avec une main aux fesses pour voir s'il y a moyen, et les bellâtres qui me font des sourires au fluor depuis les terrasses de café alors qu'il fait moins quinze... Je supporte pas qu'on me regarde. Qu'est-ce qu'ils s'imaginent ? Un sourire et c'est parti, je vais venir m'asseoir sur tes genoux et plus tard on aura des enfants et un labrador ? La vache, c'est quand même d'une simplicité crasse la vie dans ta tête !

J'ai jamais rien fait pour plaire aux garçons, ils s'excitent suffisamment bien tout seuls. Il paraît que c'est flatteur, que je devrais être contente de plaire. Alors oui, je m'émerveille. C'est fou comme il me donne confiance en moi, le cordonnier en bas de chez moi qui bave derrière sa vitrine dès qu'il me voit passer et qui doit au moins avoir trois cents ans...

***

On est dimanche et comme tous les jours maintenant, j'écris et ma douleur fait du coloriage. Comme ça elle me fiche la paix. Je lui ai donné des crayons de couleur et même des feutres. Elle va s'en foutre plein les doigts, elle va en mettre partout, c'est pas mon problème. Je suis à portée de main de la mallette de peinture, s'il le faut. S'il le faut je lui préparerai même de la pâte à sel. Pour qu'elle me laisse tranquille. J'en aurai pour l'après-midi. Je redoute le moment ou elle voudra me montrer son dessin. Aucune envie de le regarder. Elle va m'obliger à le coller sur le frigo sans quoi elle se mettra en colère. Et je devrai vivre avec un dessin triste aimanté dans la cuisine. Quand elle en aura marre, elle me suivra dans la salle de bains, il me faudra faire des bulles de shampoing pour qu'elle se taise. Mais pour l'instant, ma douleur fait du coloriage. Elle s'applique, elle bariole, le front plissé et la langue qui pointe au coin des lèvres. Puis elle s'acharne, griffonne, hurle et jette les crayons. C'est moi qui ramasse. Je dois sortir, elle ne veut pas rester toute seule. Dans le métro, je lui mets de la musique pour la bercer. Elle se tient calme, c'est une douleur bien élevée. De retour à la maison elle se remet à colorier. J'ai trouvé de quoi l'occuper. Elle remplit des sphères, des triangles, des carrés, des losanges, elle me fout la paix. Elle met du bleu, du gris, du rouge, du noir, toutes les couleurs les plus dégueulasses qu'elle peut mélanger. Elle me fout la paix. Elle remplit les pages, déborde, dessine, colore l'arrière-plan, je m'en fous. Elle me fout la paix.

Ce soir je sors dîner avec mes parents. Aujourd'hui, ça fait un mois qu'il est parti.

***

Assise sur une banquette du Ballon des Ternes je tourne mon verre de bière entre mes mains en ne pensant à rien. Le monsieur qu'on connait bien vient de prendre la commande pleine d'huîtres. Nous sommes placés dans un box et je suis installée en face de mes parents comme en face d'un jury. Ils me regardent sans rien dire. Je continue a tourner ma bière. « Arrête de faire ça, tu vas la réchauffer. » Il a raison, j'arrête de la tourner et commence à la boire.

« Maman m'a dit que tu écrivais.
- Oui.
- C'est pas idiot, mais il faut que tu te fasses éditer.
- On verra, oui, oui.
- Qu'est-ce que tu écris ?

- Des textes.
- Sur quoi ?
- Plein de trucs, je sais pas trop. Mais je travaille.
- Tu es blanche comme un cadavre... »

À ces mots, je sens la gorge qui serre et le nez qui pique, j'étouffe un son et respire doucement par le ventre. J'ai appris ça pour quand il faut pas pleurer. Ma mère l'a vu et pose sa main sur la mienne avec un grognement destiné à mon père. J'ai vraiment envie de partir, pas du restaurant mais partir loin ou longtemps, je ne sais pas où, mais loin, très loin d'ici. Et pas à la campagne, mais beaucoup plus loin. Et je le dis. Ils me répondent que oui, changer d'air, prendre des vacances me ferait beaucoup de bien, blablabla. Je le sais mais en même temps j'ai envie de rien. Même pas de vacances. De rien. Silence. Un instant, mon père se gratte le coude. Tout en continuant son geste et sans conviction, il balance sur la table un « Pourquoi t'irais pas voir ton parrain en Argentine ? » Ma mère fait un bon et j'arrête net mon geste, une huître reste en suspens, accrochée à ma fourchette. Je me reprends et une fois l'huître avalée, je réponds que je n'y ai jamais pensé. Ma mère trouve que c'est une bonne idée. Parce que je ne vois presque jamais mon parrain depuis qu'il vit là-bas, parce que ça me fera pour le coup réellement changer d'air, parce qu'il est propriétaire d'un grand hôtel dans la région de Buenos Aires et que je dérangerais personne, parce qu'il réclame régulièrement de mes nouvelles, parce qu'il m'a déjà proposé plusieurs fois de venir, parce que je pourrais travailler mon espagnol, parce que je serais au calme pour écrire, parce que l'Argentine, c'est beau.

Oui mais c'est loin, je me vois mal aller y passer le week-end. Et je n'ai pas tant de jours de vacances à prendre. « On va trouver une solution, me disent-ils, on va réfléchir. »

***

Il est aujourd'hui dix-sept heures, l'idée n'est sortie qu'il y a trois jours du coude de mon père et tout est déjà réglé. Ce qui m'étonne un peu parce que d'habitude, les idées de mon père, c'est pas vraiment des idées mais plutôt des blagues. Viens travailler pour moi, ça va te plaire.

continu. Pour tout. Pour rien. Même devant mes parents. Avant j'aurais jamais osé. Toute ma vie, je les ai bercés d'illusions avec des « mince » et des « zut » ; je voulais même pas qu'ils sachent que je connaissais des mots grossiers, préserver l'image de leur petite fille si bien élevée. Sauf que j'en ai marre. Sauf que j'ai vingt-six ans, et des gros mots, j'en ai toujours dit et j'en connais plein. Aujourd'hui, c'est un festival :

« Putain de bordel de merde, fait chier !
- Mais qu'est-ce qui t'arrive ?
- Mon lacet est défait.
- Mais calme-toi enfin ! Et fais un double nœud.
- J'ai plus quatre ans maman, j'aurais pas l'air con avec un double nœud ! Pourquoi pas des scratchs ?
- Comme tu veux mon chat. Euh (lourde hésitation)... Tu pourrais descendre acheter une baguette (Aïe, fallait vraiment pas dire ça) ?
- Je foutrai plus jamais les pieds chez ta connasse de boulangère ! Elle s'est foutue de ma gueule.
- Ah bon ? Qu'est-ce qui s'est passé ?
- Elle m'a dit bonne journée. Bonne journée ! J'ai une tronche à en passer, moi, des bonnes journées ? Putain... »

Soupirs de ma mère. Ça lui fait les yeux tristes. Je suis une peau de vache. Avant, elle m'aurait grondée, elle m'aurait punie. Aujourd'hui elle est juste triste de me voir malheureuse. Et elle ne peut rien faire.

***

Dix-huit février. C'est marqué sur mon billet. Paris Orly, Buenos Aires. Départ à sept heures quatorze. Le dix-huit février, c'est aujourd'hui. On s'est levées à quatre heures du matin. Ma mère m'a conduite jusqu'à l'aéroport, elle va rester avec moi jusqu'à l'embarquement, elle a promis. Parce que j'ai les jambes qui tremblent, mal dans tout le ventre, les mains moites. Je suis incapable de dire quoi que ce soit.

Partout, il y a des échos et gens fatigués. Ils marchent dans toutes les directions avec des valises à roulettes et sentent le café. Ma mère me rassure, marche à mes côtés en me tenant par l'épaule. Elle me parle doucement mais je n'entends pas ce qu'elle dit. Encore la gorge qui serre, qui serre fort. Parce que tout. Et parce que je pense à lui. Je me demande s'il dort encore, s'il se brosse les dents, si lui aussi, il sent le café. Sans moi. Et moi, sans lui, je pars. Et je ne vois pas l'intérêt.

Partir en voyage ? Pour quoi faire ? Il ne sera pas là pour me protéger ; si je pars loin je serai seule. Sans lui. Je ne veux plus aller nulle part dans le monde. Sans lui, la terre perd toute sa magie ; les monuments s'effritent, les tableaux s'effacent, les paysages s'envolent. J'ai plus envie d'aller en Argentine, ni même en Corée du Sud, j'ai plus aucune envie d'aller loin. C'était ma famille, lui. Il me tenait la main dans les rues des villes étrangères, il était près de moi dans les gares, les aéroports. Il était là, même pas peur. Avec personne d'autre je ne veux aller acheter des magazines pour le voyage. Des magazines qu'on lit pas en plus. Sans lui j'ai pas envie d'acheter des magazines pour pas les lire. Quand il était là c'était pas grave. On tournait les pages, on regardait les images, on riait, on se disait tu le veux ? On en fait quoi ? On le laisse sur le siège, c'est dommage de jeter. Tant pis, trois euros de perdus, on s'en fiche puisqu'on est ensemble.

Il est plus là et maintenant dans les gares, dans les aéroports, partout où il y a des voyages, j'ai des sous plein les poches. Je peux pas les dépenser sans lui. C'est comme si j'allais au restaurant toute seule. Et c'est un peu ce que je fais tous les jours en fait, ce qui est pire que d'aller au restaurant toute seule, c'est d'être vraiment toute seule. Quand il n'y a plus de « t'emmerdes tout le monde avec ta valise à roulette dans les escaliers » parce qu'elle est trop lourde.

Non, personne ne m'embête pour ma valise et deux larmes finissent pas s'échapper. Elles ont roulé très vite mais ma mère les a vues et me les a essuyées. Elle viendra me voir en Argentine. Elle a promis ça aussi.

J'ai pas vraiment voulu la lâcher quand elle m'a serré fort pour me dire au revoir, et j'ai bien vu qu'elle était triste. J'avais pas tellement envie de le prendre non plus, cet avion. Mais maintenant je suis dedans et c'est trop tard. Il va falloir faire avec pendant treize heures et je ne sais même pas comment je vais les occuper. Mais j'y suis, je pars pour longtemps et c'est sans doute une bonne idée. Parce que je suis vraiment seule, je l'ai définitivement compris. À cause d'un plateau.

C'est en voyant ce petit plateau blanc hier soir, ce tout petit plateau sur lequel ma mère avait posé son yaourt que j'ai compris que c'était fini. Qu'il ne reviendrait jamais. Qu'il n'y aurait plus jamais de nous. Parce qu'il y a six mois, à Athènes, c'était sur un aussi petit plateau que sa tante chez qui nous dormions nous avait préparé une bouteille d'eau et des verres pour la nuit. Cette nuit-là, on dormait ensemble, ce soir-là, je portais une perle autour de mon cou et on était fous amoureux. Nos passeports étaient rangés ensemble pour pas qu'ils se perdent. Et nous aussi on était rangés ensemble, parce qu'on s'imaginait pas autrement. Parce qu'on parlait de nous au futur. Parce qu'il me regardait comme on regarde la femme qu'on aime. Parce qu'il était fier, qu'il me prenait la main. Qu'il me prenait tout court. Parce qu'il m'aimait absolument. Et c'est seulement maintenant qu'il me manque. Parce que je vois ce qu'on a perdu, parce que je regarde en arrière quand tout était beau. On s'était battu cette nuit-là, pourtant. On s'était déchirés en paroles le lendemain matin

Mais tu m'avais pris dans tes bras et je t'ai lu une histoire pour enfant qui traînait sur la table de chevet. J'avais ma petite robe à pois rouge et tu as eu envie de moi au moment où on a crié « à table » ! Cette table sous laquelle tu serrais fort ma main, où j'avais encore des gros soupirs après les sanglots du matin. C'est maintenant que tu me manques. Pire que ça. Tu vas me manquer.

Alors je vais fermer les yeux et attendre qu'on arrive.

***

Deux semaines. J'y suis, je m'y fais. Le trajet a été long, très long depuis l'aéroport. Troiscents kilomètres de pampa que j'ai avidement regardés avec des yeux gonflés de fatigue, en écoutant mon parrain me dire dans mille trois cent quinze phrases différentes combien lui et sa femme Charlotte étaient contents de m'avoir chez eux, que j'allais voir, ça allait être fantastique, que j'allais voir, ils m'avaient préparé une chambre géniale, que j'allais voir, j'allais être bien là-bas, que j'allais voir, ça allait me changer... Je l'avais déjà compris à la température, celle d'un mois de juin à Paris.

Je me suis disputée avec le décalage horaire et j'ai pris mes marques sur mon nouveau territoire. Je vis dans une immense estancia, un hôtel hors de prix, un parc aussi grand que six fois ce que possèderait une famille aristocrate dans le pays où j'habite d'habitude. J'ai pas de mots qui pourraient expliquer à quel point c'est vert, à quel point c'est grand, à quel point c'est vieux, comme pays. Et à quel point je ne fais rien de ce que je fais en temps normal. Je suis livrée à moi-même, je me fais assez petite pour qu'on ne me remarque pas. Je suis mal à l'aise quand les clients viennent me parler, je préfère les dîners pleins de rires et d'espagnol avec mon parrain, Charlotte et les amis qu'ils invitent, même si je me tais. Alors j'évite le bord de la piscine quand il y a du monde et prends le petit déjeuner seule sur la terrasse de ma chambre. Je monte à cheval, lis à l'ombre dans le parc, écris sur les terrasses.

J'écris un roman sur des gens qui n'existent pas et leur invente des histoires que j'aurais voulu vivre. Ça m'absorbe. Et quand je n'y arrive plus, je vais à la réception et me place derrière le comptoir. Le personnel m'apprivoise avec pudeur pour me voir sourire. Alors je le fais souvent, parfois pour leur faire plaisir, parfois vraiment, je crois.

Quand j'en ai marre d'écrire ou de ne rien faire, derrière la réception, j'accueille les clients aux côtés des vrais réceptionnistes. Mon parrain m'y encourage, d'autant que mon espagnol s'améliore. Je regarde défiler les clients et cherche des indices, des renseignements pour imaginer ce qu'ils font dans la vie, ce qu'il y a dans leurs valises, si les couples sont amoureux ou non, pourquoi ils sont venus ici et pas ailleurs et où ils seraient allés si cet hôtel n'existait pas, ou même si l'Argentine n'existait pas et des tas d'autres choses.

Parfois, je vais à la réception pour écrire des cartes postales. J'écris des banalités, des cartes postales, quoi. Je les envoie à ma famille, à ma mère en plus du coup de fil quotidien, aux quelques amis que j'ai. Parfois, j'ai de leurs nouvelles. Ils me disent que j'ai de la chance. Ça me fait bizarre ; je suis justement partie parce que j'ai pas eu de chance. Mais je ne leur réponds pas ça. Je dis juste que « c'est cool ».

Il a beau être de l'autre côté du monde, l'autre, il a beau être loin... Ça ne m'empêche pas de penser à sa tête, quand il me regardait chanter debout sur le canapé de son salon en pyjama. La télécommande était un micro et je chantais archifaux. Des chansons archi-ringardes ou pire, extraites de comédies musicales. Ça m'arrivait parfois le samedi matin. Parce que j'étais heureuse et parce que les paroles des chansons, on les trouvait débiles. Je revois son expression dépitée, et les bras qu'il tendait vers moi pour que je me mette dedans et descende de là. Il me gardait contre lui et j'arrêtais de chanter.

Arrêter de chanter, c'était facile. C'est facile. Maintenant je ne chante plus du tout. Maintenant je pense et j'ai la tête lourde. Mais ça, arrêter de penser, j'y suis pas encore arrivée.

***

La nuit est tombée et pour une fois, je dîne seule avec Charlotte. On parle de choses et d'autres. Elle me connait un peu, elle m'a vue grandir par intermittence ; parfois, je prenais même trente centimètres. Il y a pourtant quelque chose entre nous qui ne s'explique pas. Une entente, quelque chose qui nous accroche sans forcément que ce soit par des mots. Je crois qu'elle me sent. Je ne sais pas comment expliquer ça. Un truc très rare. Le dîner s'achève, la température a baissé et Charlotte remplit nos verres de vin pour nous réchauffer.

« Margot, je voulais te poser une question toute bête, mais délicate, je peux ?
- Oui, vas-y.
- Ça fait un mois que je t'observe. Tu n'aurais pas un chagrin d'amour par hasard ?
- Je pense. »

Je lui résume tout en deux phrases. Sujets, verbes et compléments. Le plus vite possible. Ce qui s'en suit, le discours d'une bonne vieille tante qui vous a vu grandir et vous désespérer :

« Tu en trouveras d'autres, ma petite. Tu n'as que vingt-six ans, va. Ne t'inquiète pas. Tu sais, les garçons... Oh, c'est souvent les mêmes histoires. Tu es jeune, tu tombes sur un con, amoureuse, évidemment. Comment ? Oui, plusieurs même ! Plusieurs... Mais ne t'en fais pas. Un jour, tu trouveras. C'est normal, on fait tous des erreurs. On tombe amoureuse et là c'est fini, y a plus que ça qui compte. Et puis un jour ça te revient à la figure. C'était pas la bonne personne, ça arrive. Et tous les jours. Et je suis certaine que c'est déjà arrivé à chaque personne que je connais. C'est toujours la même histoire, je te dis. Et puis il n'y a pas que lui sur cette terre, non ? Si ? Mais regarde-toi idiote, tu pleures ! C'est normal quand on est amoureuse. Mais un jour, tu l'oublieras et tu demanderas même comment tu as fait pour sortir avec lui. Tu en trouveras d'autres, va ! Tu en trouveras d'autres... »

Mon avis là-dessus est que je vais me coucher.

Je grimpe dans l'énorme lit en bois. Et comme tous les soirs depuis qu'il n'est plus là je me couche en biais. Pour remplir le lit, le vide. Pour oublier qu'il est plus là. Parce que ce que j'aimais par-dessus tout, c'était qu'on dorme ensemble. La plupart du temps je me dépêchais d'aller m'installer avant lui pour prendre le meilleur oreiller, celui qui était pas tout ramolli. Je courais presque, du dentifrice encore dans la bouche parce que j'avais pas eu le temps de finir de cracher. Puis il me rejoignait et je savais qu'il allait falloir négocier. Ou pas.
« Pousse-toi !
- Non !
- Si ! Mais regarde : tu prends touuuuute la place !
- Mais non, c'est dans ta tête.
- Alors donne-moi l'oreiller mieux !
- Non, c'est le mien. Jamais !
- D'accord : je prends toute la couette...
- Non, non ! C'est MON lit ! C'est MOI qui commande !
- Bon, tu l'auras voulu, je vais te faire la petite misère. »

On commençait à se mettre des coups, je le griffais. Il plaisantait mais c'était une brute épaisse, il me faisait parfois des bleus. Je me débattais pour ma place et mon oreiller. Parfois, il y en avait un de nous qui tombait du lit à la fin. Bon, oui, c'était toujours moi qui me retrouvais sur le parquet. Normal, j'étais mille fois plus petite que lui. Je faisais la tête. Alors il se penchait, scandalisé : « Mon petit amour, mais qu'est-ce que tu fais par terre ? »

Après je m'endormais la première. Dans le lit. Avec une toute petite place, finalement, mais c'était pas grave, j'avais l'oreiller que je voulais, j'étais enroulée dans les deux tiers de la couette et il était là. Il me chatouillait parfois l'oreille avec ce poème de Claude Roy qu'il arrangeait à sa façon : ma dormeuse, ma rêveuse, mon oublieuse, mon emmerdeuse... Et le matin, quand il s'approchait pour m'avoir dans ses bras, je grognais, les yeux fermés et la voix caverneuse « mmmm, grrrrr, pousse-toiiii ». Je le poussais mollement. Mais il recommençait et je ne disais plus rien. J'adorais, moi, être de mauvaise humeur le matin. Quand il était là.

***

Nous sommes fin mars et je sillonne les rues de Buenos Aires avec ma mère. Ça fait six jours qu'on marche. Six jours que je sers d'interprète français-espagnol. On dort au Jousten Hôtel la nuit et on fait du tourisme forcené le jour. On engloutit des tonnes d'empanadas, de tortillas et de café. On regarde plein de trucs en même temps, mais on les regarde différemment. Parfois je vois quelque chose qui me surprend, une boutique, une construction, n'importe quoi et dans ma tête, Julien est là à côté de moi et je m'apprête à me tourner vers lui pour crier regarde, t'as vu ça ?

Mais quand je me retourne, c'est ma mère qui est là, alors je dis la même chose, sans crier, avec une voix plus grave et l'index moins convaincu. Beaucoup plus grave, beaucoup moins convaincue.

Du coup je m'imprègne, j'imprime, je remplis le vide avec des machins qui existent pour de vrai loin de chez moi. Je prends tout ce que je peux prendre pour l'emmener dans ma tête. Jusqu'à demain où je retournerai à l'estancia, seule. Je me dis que le mal du pays n'est comparable à aucun chagrin. De toute façon. Alors ça ira. Ça veut rien dire, mais ça ira quand même.

Alors que je me couche épuisée, j'allume la télévision de ma chambre d'hôtel. Je crois que je n'ai pas allumé une seule télévision depuis que je suis en Argentine. J'ai pas envie de regarder quoi que ce soit. Je passe les chaînes. Mais sans m'énerver, sans dire « ta gueule » à l'écran comme je l'aurais fait dans mon pays. Non, là je suis bien élevée, même avec l'électroménager.

J'aurais pas dû zapper. J'aurais dû en rester à la pub pour le jus d'orange. Elle était très bien, cette publicité, merde ! Parce que juste après, il y a « Le roi et l'oiseau ». Est-ce que c'est fait exprès ? Oui. Parce que c'est pas le bon pays, parce que c'est pas la bonne période, c'est pas les mêmes moeurs, alors pourquoi passent-ils ce film si ce n'est pas juste pour me faire mal ? Pourquoi passent-ils ce film justement quand je décide pour la première fois, en bientôt deux mois, de toucher à une putain de télécommande ?

Parce que ce film, je l'ai vu dans ses bras après une nuit blanche. Trois jours avant Noël, l'année d'avant. Trois jours avant Noël, trois jours après s'être disputés. On s'est retrouvés le soir. On a passé la nuit dehors. On s'est serrés très fort. On s'est dit qu'on se disputerait plus jamais, jamais. Petite chose fragile, disait-il, tu es ma petite chose fragile. On s'est endormis à sept heures du matin sur le canapé. Quand on a ouvert les yeux, on a vu ça. On a vu « Le roi et l'oiseau ». Je lui ai dit que ce film me faisait peur quand j'étais petite, il m'a répondu que c'était fait exprès. J'ai mis trois mille points d'interrogation dans mes yeux. Il m'a souri, j'ai répondu sans la réponse et on s'est rendormis.

J'éteins et me couche en prenant bien toute la place.

Parce que la douleur est féroce, si elle ne vous tord pas le ventre, elle vous fait croire des trucs à tort. Je sais bien que c'était pas pour me faire du mal que ce film a été mis à l'antenne, mais pour faire de l'audimat. Encore que je me demande qui le regarde alors que c'est un film qu'on passe à Noël. Je me dis aussi que c'est pas non plus pour me torturer qu'il y a du marbre partout dans les sanitaires des grands hôtels.

Le plus dur, c'est quand il y en a dans les toilettes et sur les murs. C'est dans des toilettes comme ça, avec du marbre blanc que je me suis enfermée, un soir. Une nuit, plutôt. Il travaillait. Cette soirée était le fruit de son travail. Un long travail. J'étais là. Parce que c'était important.

Mais pas lui. Lui était occupé. À droite, à gauche, de haut en bas et en diagonale. Les gens venaient lui parler, il leur répondait. Moi aussi, on venait me parler, mais je m'en foutais. J'étais venue pour lui. Parce qu'il le voulait. J'avais même décidé de porter la veste en fourrure qu'il m'avait offerte parce qu'il n'osait pas me dire qu'il avait un peu honte de mon vieil imperméable. Je déteste la fourrure. J'ai fait ça pour lui, pour qu'il soit fier.

Mais il était occupé. Je ne sais même plus s'il m'avait vue arriver. Je sais juste qu'il m'a regardée, de loin, vers quatre heures du matin. Il parlait à quelqu'un, il n'a pas bougé.

Parfois on se demande pourquoi on a eu telle ou telle réaction, et à moins d'aller se regarder le nombril avec un psychologue qui vous prend soixante euros, on a jamais vraiment la réponse. J'aurais dû partir. Rentrer chez moi. Au lieu de ça, je ne sais pas pourquoi, j'ai filé droit aux chiottes et je me suis enfermée à clef. C'était propre, je me suis laissée glisser sur le mur en marbre et me suis assise par terre. Je ne sais pas pourquoi. Je serrais les dents, j'étais trop en colère pour penser. J'entendais des talons aiguilles piétiner sur le marbre, des pétasses à paillettes se laver les mains, des gloussements et des bruits de trousses à maquillage. Je ne voyais rien, enfermée, mais j'imaginais, et je sentais le savon, les parfums et la laque.

Environ une heure plus tard, on a frappé. J'ai pas répondu, pas bougé. Il y a eu un silence, une absence, puis des pas d'hommes, plusieurs, à l'affût, inquiets. D'un coup, j'ai tourné le verrou et leur ai fait face. Droit dans ses yeux à lui, le premier devant la porte. Je l'ai regardé fixement. Sans rien dire. J'ai pas fait attention aux deux mecs de la sécurité qui l'entouraient et me regardaient comme on regarde une enfant qui s'est perdue dans un supermarché. Non. J'ai senti leurs regards mais ils ne comptaient pas. Julien n'a rien dit non plus. Il a mis ses mains sur mes épaules et m'a soufflé, tout doucement, « viens, on y va ».

Après quelques pas silencieux dans la rue, il s'est arrêté et a pris mon visage entre ses mains pour le regarder encore une fois. « Ça n'arrivera plus, m'a-t-il dit, plus jamais, je te le promets. » C'est comme ça qu'on est rentrés chez lui, en silence, une pluie fine sur le trottoir, mes talons martelant les reflets des réverbères. C'était sa dernière soirée. Il a changé de métier.

***

C'est Charlotte qui est revenue à Buenos Aires avec la Jeep sale pour me chercher. Cette voiture n'est jamais propre. Enfin, ça sert à quoi une carrosserie propre ? On a raccompagné ma mère à l'aéroport. On refait la route vers la campagne et je lui raconte ce qu'on a visité, mangé, bu, acheté et où. J'ouvre la fenêtre lorsque la ville a disparu. C'est la fin de journée mais il fait encore très chaud. Échappée de l'élastique, je laisse une mèche de mes cheveux s'emmêler et regarde la poussière, sèche, se soulever et fondre au soleil qui reste là. Je suis épuisée. Je me jetterai dans la piscine en rentrant ; je suis sûre qu'il n'y aura personne. Je suis heureuse, là, tout de suite. C'est rare.

***

« Tu es la plus jolie fille que j'ai rencontrée en Argentine.
- C'est gentil.
- Non c'est pas gentil, c'est vrai... Tu m'embrasses encore ?
- D'accord. »

Ça va, c'est pas trop dégoutant. Ça fait une semaine qu'on s'embrasse en cachette dans le parc. J'aurais pas tenu le rythme s'il ne m'avait pas plu, Wladimir. C'est un client de l'hôtel. Un français qui voyage seul. Il m'avait fait un sourire à la piscine et je sais plus pourquoi mais j'ai répondu. Peut-être parce qu'il me plaisait déjà. Puis il m'a vue un peu plus tard taper sur le clavier de l'ordinateur sur une terrasse :

« Qu'est-ce que tu fais, tu as l'air absorbé ?
- Euh... je joue ! Je joue au démineur...
- Au démineur ?
- Oui oui.
- Je savais pas qu'il fallait taper autant sur les touches du clavier pour jouer au démineur. Et je savais pas que ce jeu était installé sur les derniers modèles d'ordinateur...
- Bah... si en fait, il faut taper sur toutes les touches du clavier. C'est une nouvelle version, c'est mon père qui me l'a installée, et puis en... »

J'ai pas pu terminer parce qu'il m'a embrassée. C'était bizarre mais je l'ai laissé faire.

J'étais contente parce que j'avais plus à répondre à ses questions. J'ose pas dire que j'écris. Il n'y a que mes parents qui le savent. Parce que j'ai honte qu'on sache que j'écris, je sais pas pourquoi. C'est étrange, quelqu'un qui écrit des choses dont il n'a pas besoin. Personne n'a besoin d'écrire un roman. Je trouve ça anormal, moi, d'écrire. Ça devient normal quand on a été publié, là on peut dire « j'écris ». Sinon on a juste l'air con.

***

Début mai. Je rentre à Paris dans deux semaines. Pas de tourisme de plus de trois mois, m'avait dit l'ambassade, à moins d'un visa spécial mais pas le temps de le faire. Je monte deux fois plus à cheval parce que j'en ai pas vraiment l'occasion dans mon quartier. Je vais à la piscine avec Wladimir et quand il y a du monde, parce que j'y vais quand j'en ai envie maintenant. Et je m'occupe égoïstement de ma petite personne. Je me fais masser les courbatures. J'ai horreur qu'on me tripote mais bon, je me dis que le masseur ne fait que son métier et je serre un peu les dents pendant que j'essaye de me détendre. C'est vain, il n'a jamais vu ça. Ça a au moins le mérite de le faire rire. Wladimir m'embrasse dans les couloirs. Je vais dans le spa, aussi, là où il y a des bactéries et des microbes. J'ai toujours détesté ce mot. Spa. Il est con, je trouve. Il est apparu il y a quelques années seulement mais sans prévenir, il a immédiatement remplacé le mot d'avant : balnéo ; c'est celui que j'utilisais. Ça veut rien dire non plus, ça sonne pas mieux, c'est super moche, mais je sais pas, je trouve ce mot moins stupide. Enfin tant pis, je vais pas continuer à compter en francs...

***

Ma vie consiste à présent à retrouver Wladimir en cachette et continuer à écrire. J'avance. Mes personnages ont fait du chemin, je leur ai fait faire des tas de trucs que j'ai inventés, ils me ressemblent tous un peu quand même. J'ai presque fini. Ça me vide d'énergie, complètement. Ça essore les émotions. Mais ça n'efface pas le chagrin. Je ne veux pas rentrer en France. Je ne veux pas remettre les pieds sur le même continent que lui. Le pire, c'est d'habiter la même ville. De s'abriter sous le même ciel. De recevoir la même pluie. D'entendre gronder les mêmes orages et voir les mêmes éclaircies. Ça me fait chier.

Le pire sera de retrouver cet appartement vide. Je redoute le moment de tourner la clé avec mon excédent de bagages sur le palier. On sera mi-mai, le climat aura changé. Mais pas l'appartement. Il y aura du courrier de merde, de la publicité. Il faudra rallumer l'électricité. Il faudra aérer. Dépoussiérer. Ranger. Ça va m'occuper en attendant que Wladimir rentre à Paris, c'est sûr. Remplir le frigo dans cette cuisine où j'ai fait des litres de pâte à crêpes avec Julien. Combien de crêpes sont restées collées au plafond avant de retomber à côté de la poêle ? Et allez nettoyer un plafond, après... C'était pas grave. Comme la voisine éméchée qui avait tambouriné à la porte à quatre heures du matin. Même pas peur. Comme le fou rire nerveux qu'on a eu après avoir monté une étagère à l'envers et ma main en sang à cause d'un clou qui dépassait. Même pas mal.

Parce que lorsqu'il est sorti du coma, trois mois après ce diner devant le brouillard, trois mois après notre reprise de zéro, quand j'ai emménagé dans cet appartement métro rue du Bac, jamais je n'aurais pensé y être malheureuse un jour. Parce qu'il est pas conçu pour être un appartement de gens tristes. Il a pas les aménagements adéquats pour avoir envie de mourir. Ça ne m'aurait pas traversé l'esprit. Quand Julien plantait des clous, s'énervait, buvait une Kro et s'y remettait, quand il m'aidait à accrocher les rideaux après avoir soulevé ma jupe pour montrer ma culotte aux voisins et que je devenais rouge pivoine, j'étais à mille lieues de penser qu'un jour il pouvait disparaître.

On dit que la vie est pleine de surprises. Oui en effet, c'est magique.

Je l'ai rencontré. J'arrivais pas à vivre et j'ai trouvé quelqu'un qui savait le faire mieux que moi. Il l'était, vivant. Tellement vivant que je vivais à travers lui. J'ai fait un transfert d'âme. Il respirait à ma place. Je me fondais sur lui pour disparaître. Il était moi. Il était nous deux. Il était vivant. Trop vivant. Tellement vivant que parfois il m'en oubliait. Et tellement vivant que finalement, il s'est cassé. Avec tous les morceaux de moi que j'ai laissés à l'intérieur de lui.

Et pour de bon. Parce qu'avant on se disputait. On se quittait même, quelques fois. Mais l'un sans l'autre, on pouvait pas. Tout seuls on tenait pas debout. Comme ce jour, encore un, où on s'était dit c'est fini, c'est terminé, ras le bol des boîtes de nuit, ras le bol de tes livres et tes lunettes, marre du rat de bibliothèque, marre de te voir froncer les sourcils, et toi au téléphone toute la journée, marre de tes rendez-vous, marre de toi, marre de toi, marre d'aimer que toi, tu m'énerves, dégage, ras le bol de tes longs cils, marre de ta mère, jette-toi par la fenêtre, je te déteste, ok c'est ça claque la porte, va te faire foutre avec tes soirées, va te faire voir dans tes soirées, avec tes amis en papier mâché, tu te fais chier partout, même quand tu ris, même quand tu danses, reprends ton cadeau j'en veux pas, oublie-moi, je jette tes escarpins par la fenêtre ils font trop de bruit, d'accord moi j'ai déchiré tes cartes de visite, j'avais mis le numéro de ta mère dessus de toute façon !

Et trois jours sans nouvelles. Puis un coup de fil timide, de lui, toujours. Un rendez-vous dans la rue. À mesure que me portent mes pas je prépare ce que je vais lui dire. Je construis tout ça dans la tête. Des phrases prennent forme, des idées grandissent, certaines disparaissent. Il y en a que j'oublie quand elles étaient parfaites alors je marmonne toute seule parce que ça m'énerve. Une fois que j'ai assemblé les morceaux de mots justes les uns avec les autres je commence à coudre les phrases entre elles. Le résultat me plaît. Alors je le dessine mentalement. Pour ne pas l'oublier. Mais j'oublie quand je le vois.

On descend la rue de Rivoli. On ne va nulle part. On marche, c'est tout. Lui a gardé ses écouteurs. Je m'en fous. On tourne à gauche. Il me demande l'air de rien si ça va. Je réponds que non, pas trop. Une petite tape sur l'épaule. Allez, c'est mieux comme ça, nous deux ça pouvait pas marcher, c'est tout. Arrivés place de la Concorde, il me dit qu'il me raccompagne au métro. On descend les marches. On a perdu. La séance de rattrapage est terminée. Je le suis dans les couloirs, je ne fais pas attention à là où on va. Puis il se tourne vers moi, s'arrête au milieu d'un couloir et me dit qu'il me laisse là et son téléphone sonne, il répond, il a un rendez-vous. Je sais qu'il peut en avoir pour longtemps, au téléphone.

Alors je m'en vais, vite, je m'enfuis. Je me suis perdue dans les couloirs. Trois affiches publicitaires. L'autre abruti m'a parlé mariage le jour où je l'ai quitté. Échec. Un panneau pour la ligne huit. Ce boulot où je me pointe tous les jours et où chaque jour je m'ennuie parce que je n'ai jamais vraiment su ce que je voulais faire. Échec. Pistonnée par papa. Échec. À droite, des escaliers. Ces années passées à errer, maussade, au lieu de faire quelque chose qui aurait pu me construire aujourd'hui. Échec. Escalator. Et lui, Julien ; j'ai fait n'importe quoi, lui aussi. Échec. Je retiens fort mes larmes pendant mon ascension. Je me promets aussi fort de les retenir jusqu'à ce que j'arrive chez moi. Mais j'ai même pas envie de rentrer chez moi. Arrivée en haut je prends la mauvaise direction. Je peste, fais demi-tour et m'arrête. Parce qu'à quelques mètres de moi, arrivé au bout du même escalator, Julien.

« Mais qu'est-ce que tu fais là ?... » C'est un filet de voix inaudible qui vient de sortir de ma gorge, il n'a pas dû l'entendre, il a simplement dû voir mes lèvres articuler. Et je peux plus, je fonds en larmes. Il fonce sur moi, comme si j'étais en danger. Il passe son bras autour de mes épaules et m'entraîne dans un coin. « Viens, pleure pas au milieu des gens. » Là, appuyé contre le mur il me prend contre lui et je lâche tout. Je pleure fort. Je me mouche dans son écharpe. Alors il m'embrasse sur les yeux, sur les larmes, jusqu'à ce que j'arrête de pleurer. « T'as les plus beaux yeux du monde quand tu pleures, ils changent de couleur. » Je renifle, c'est ma réponse. Ses mains plaquent sur mes joues mes cheveux un peu salés, et j'ai posé les miennes dessus. « Tu veux aller au cinéma ? » Je dis oui. Il fait tout, il invente n'importe quoi pour me faire rire. C'est fini. Pas nous deux, la dispute. Elle est finie.

C'était comme ça, quelques fois.

Le nous deux aura vécu trois ans. J'ai eu du mal à y croire pourtant, mais oui, trois ans. Trois ans que je me demandais où on allait, que je lui posais des questions, qu'il n'y répondait pas toujours. Trois ans à se chercher, à se décrypter, à s'observer. Quelques mensonges parfois, quelques cris, des hurlements aussi, pas mal de larmes mais c'était pas tout. Où on va Julien, et quand est-ce qu'on arrive ? Tais-toi et attache ta ceinture. Trois ans que je passais à essayer de tout savoir, de tout comprendre, et lui qui me regardait essayer. De comprendre des choses qui ne s'expliquent pas, de trouver des raisonnements complexes à des choses qui n'existent pas. Posez-moi un gramme d'amour sur la table, Mademoiselle. Ah non, vous ne pouvez pas ? Vous voyez, c'est parce que ça n'existe pas. Je crois même que tout ça le faisait rire en silence. Putains d'années Julien, remarque, on en a fait des choses en trois ans. Qu'est-ce qu'on a filé comme fric au Monoprix, en trois ans.

Ça a passé vite en fait, à coups répétés de mon petit amour. De tu m'aimes plus comme avant. C'était bien la soirée ? T'es là ? Mon petit truc. T'es où ? Tu m'appelles en rentrant ? Je t'appelle quand je t'aime. Me vole pas mon nez. Il est trop bien mon livre. Je suis en bas de chez toi. Donne-moi tes sous. Tu me manques. J'ai faim. Tu m'accompagnes ? Je suis au bureau. Tu boudes ? Allez viens. J'ai plus d'argent. On marche un peu ?

C'est pas un bilan que je fais, c'est horrible, un bilan. Je nous regarde, c'est tout.

***

Demain je rentre en France. Ça y est. Fin de l'exil. Je remplis mes valises en soupirant bien fort. Personne ne peux m'entendre, je soupire pour les murs de ma chambre, les gros murs blancs, pour leur dire voilà je m'en vais, mon livre est fini, j'ai rencontré un garçon, on s'est donné rendez-vous à Paris dans dix jours. Alors maintenant je rentre.

Il fait terriblement chaud aujourd'hui. Tout le monde a les yeux un peu tristes dans l'estancia. Je vais leur manquer, ils me disent. Moi aussi je suis triste. J'ai arrêté d'écrire des cartes postales. Wladimir m'a fait faire le tour de la propriété au triple galop parce que sinon on en aurait eu pour une semaine, au pas. J'ai plus peur du galop, avant ça me terrorisait. Maintenant j'aimerais tout faire au galop, tous les trajets.

Il fait chaud, trop chaud. Je fais une pause dans mon rangement. Je plonge dans la piscine et ressors aussitôt sans me sécher pour rentrer dégoulinante dans la chambre. Merde, je trempe toutes mes affaires. Tant pis. Je passe la journée à ranger. Je fais rien d'autre. J'aime pas les veilles de départ, c'est trop lourd, trop le cafard, envie de rien. Charlotte a passé la tête dans l'embrasure de la porte que j'ai pas fermée. Ça va ? Tu sors pas un peu ? Non ? Bon d'accord. Elle me dit juste fais-toi belle, ce soir, on fait une petite fête pour toi. D'accord, promis j'essaye. Allez soyons fous, ce soir je me coiffe. Je cherche une robe qui fera pas trop mal à mes coups de soleil.

Wladimir grimpe sur ma terrasse. À chaque fois qu'il vient me voir il escalade le garde-fou pour ne pas passer par la porte. C'est bête mais ça me fait toujours rire.

« Qu'est-ce que tu fais toute nue ?

- Je suis pas toute nue : je suis en maillot de bain et je cherche une robe ! Et toi, qu'est-ce que tu fais là ?
- Je viens te voir. Tu vas me manquer.
- On se voit dans dix jours quand tu rentres à Paris.
- Et alors, j'ai quand même le droit d'être triste non ?
- Si ça peut te faire plaisir... »

Moi j'ai horreur d'être triste, mais bon, si ça lui plaît, à lui, d'être triste, chacun sa vie... Il me regarde, l'air un peu malheureux, l'air un peu sûr de lui, ça fait un drôle d'air.

« On dort ensemble cette nuit ?
- Oui.
- On dormira ensemble, à Paris ?
- Oui.
- Tu es jolie.
- Oui. »

***

Je me prépare, il est vingt heures. Tandis que je civilise mes cheveux devant le miroir, je me regarde bien en face. Bien dans les yeux. C'est moi. C'est toujours moi. Je suis juste très bronzée, c'est ça qui fait bizarre. Il y a autre chose aussi. Mes joues. Elles sont creuses. Elles étaient pas comme ça avant. Je sais pas si c'est bien ou pas. Ça veut peut-être dire que je suis une adulte. Mais je comprends toujours pas le principe, d'être adulte. Je ne le comprends pas pour moi. J'en veux pas, de mon adultisme. Il ne me sert à rien.

Les années passent, rien de bien anormal. Ce qui l'est plus, anormal, c'est que plus elles passent, moins je suis. Des centaines d'idées s'écartent, s'autodétruisent : je ne suis faite pour rien. Je ne suis pas faite pour être femme de financier. Pas faite pour être femme au foyer et attendre de mourir dans l'ombre de mon mari. Je ne suis pas faite pour travailler dans une société, n'importe quelle société. Je ne suis pas faite pour le travail d'équipe, pas faite pour faire la fête. C'est quoi, faire la fête ? Moi, faire la fête me fait chier. Je ne suis pas faite pour avoir des amis ; les amis, je m'en fous. Je ne suis pas faite pour une jolie maison en banlieue chic et des étés à la mer. Je ne suis pas faite pour des vacances au ski avec des enfants. J'ai horreur des enfants. Je ne suis pas faite pour partir en voyage avec des gens. Je ne suis pas faite pour acheter des fringues avec des copines ; je ne suis pas faite pour être à la mode. Ni pour m'habiller. Ni pour avoir des copines. Je suis pas faite pour m'épiler les sourcils. Pas faite pour les études. Pas faite pour les salles de gym. Je suis pas faite pour ne pas arriver à vivre sans musique.

J'étais faite pour être avec lui. À défaut, je suis faite pour être seule. Je suis faite pour mes parents, mes grands-parents, mes oncles et tantes, cousins et cousines. Je suis faite pour aller au restaurant. Je suis faite pour lire et marcher seule. Je suis faite pour voir quelques connaissances. Je suis faite pour écrire des livres. Je suis faite pour m'échapper ; je suis faite pour être sauvage. Je suis faite fragile. Je suis faite pour le silence. Je suis faite pour qu'on me foute la paix.

J'étais faite pour lui. Je suis faite pour rien.

Adulte parce que vingt-six ans. Dans six mois j'en aurai vingt-sept. Dans trois ans et demi, j'en aurai trente. J'aurai jamais grandi, en fait. Je suis la même qu'à dix-sept ans, je vois pas d'où j'ai grandi. J'aurai jamais trente ans. J'aurai jamais trente ans parce que je ne deviendrai jamais comme eux, les trentenaires hygiéniques. Les trentenaires responsables qui se lèvent tôt le week-end, qui ont arrêté de fumer et se sont mis au bio, qui font du sport le samedi matin et la sieste avant une surboum, parce qu'attention, ne nous méprenons pas : un trentenaire hygiénique, ça sait s'amuser. Que oui ! Ah ces petites fêtes entre amis où l'on retrouve ses vingt ans avec des rides sous des boules à facettes dans des soirées en appartement, cette joie de ne pas savoir qu'on est ringard au scandale de danser déjà comme des vieux rouillés sur des thèmes complètement moisis : années soixante-dix, quatre-vingts, soirée déguisée pour le pire du pire des cas. Regardez comme on danse, regardez comme on bouge, regardez comme on s'amuse comme des fous, regardez comme on utilise des mots passés de mode il y a au moins dix ans mais qu'on le sait pas, regardez comme on est heureux avec nos RTT, nos promotions, notre vocabulaire d'entreprise. Regardez comme on sait profiter de la vie tout en devenant sage en même temps. On met de la crème antirides, on fait des gosses, on ne parle presque plus que de ça entre nous, ou bien du crédit de la maison et du chef au bureau mais on se déhanche aussi sur du disco ! Allez Margot, reste pas dans ton coin, joins-toi à nous ! Qu'est-ce que je te mets, dans ton gobelet en plastique ? Non ! Je crie en jetant ma brosse contre le mur.

***

Elle rebondit sur le bord de la baignoire, ma brosse. Je m'en veux, de l'avoir jetée. Même si elle est pas cassée ni rien, je m'en veux. Elle ne m'a rien fait, c'est ma tante que je ne vois jamais qui me l'a offerte. Ma tante qui habite en Afrique du Sud. Ma tante qui m'adore et moi je jette sa brosse. Je suis nulle. Alors je la ramasse et c'est là que j'entends un gros fracas et que je sursaute, effrayée, dans la salle de bains. C'est rien en fait. Juste un orage. Juste un énorme orage. Il a fait beaucoup, beaucoup trop chaud.

Je n'ai fait que passer la tête dans la chambre quand j'ai vu la grande fenêtre restée ouverte et les rideaux en vagues. Dehors, on peut pas dire s'il fait jour ou nuit. Je m'avance jusqu'à la terrasse, un peu à l'abri avec des gouttes qui viennent se cogner sur mes jambes. Et je bouge plus. J'attends pas que ça s'arrête. Je regarde. Les feuilles avancent doucement au bout des branches. Il y a des gouttes d'or sur la table de jardin. Le lampadaire dévoile une fine clarté, une lumière en auréole de pluie. Tout a l'air de gémir. Chacun cherche sûrement à fuir. Pas moi. Je compte les éclairs. Je cherche où tombera la foudre.

Un éclair, une silhouette. Quelqu'un vient d'escalader la terrasse. Ma terrasse. Ce n'est pas Wladimir. Merde. J'ai peur. Je sais pas quoi faire. Je me tétanise contre le mur, j'arrive même pas à m'enfuir. C'est mes jambes. Mes jambes ne veulent pas. Putain, j'ai dû attraper une insolation à la piscine. Le soleil a tapé si fort. J'ai une hallucination. L'angoisse monte, il me regarde, mon Dieu, je n'ai jamais eu d'hallucination, qu'est-ce que je vais faire pour que ça s'arrête bordel ? Et l'illusion parle. Son illusion. Avec sa voix. Il dit je te trouvais pas chez toi, je t'ai cherchée partout, et j'ai fini par venir ici. Je peux pas. Je peux pas. Il faut que ça s'arrête. Alors je gifle mon hallucination. De toutes mes forces. Splach. Ça fait un énorme, énorme splach avec de la pluie éclatée. Je me retourne contre le mur que je frappe en hurlant MERDE MERDE MERDE ! J'ai vu Julien, putain ! C'était Julien...

Quelques sanglots plus loin, je me retourne. Partie. L'illusion est partie. Je ne me sens pourtant pas fiévreuse, ni bizarre, ni vaporeuse, ni rien. Pas dans l'état dans lequel on est censé délirer. Je suis juste morte de trouille. Ça doit être le stress de rentrer à Paris, mon cerveau qui explose, tout ça. Normal quoi. Alors j'ai eu une vision. Mais j'ai mal à la main. Celle qui a frappé. J'ai mal comme si l'hallucination était dure. J'ai mal comme si c'était vrai. Mais je reprends mon souffle. Doucement, je récupère mon calme. Mes battements de cœur ralentissent. La mesure s'amenuise. Ça va mieux. Oui, ça va mieux. Je vais descendre les rejoindre, ils doivent m'attendre.

Je me retourne et fais un pas en direction de la fenêtre. Margot. Volte-face. C'est lui. C'est vraiment, vraiment lui. Trempé jusqu'à la moelle. Chemise trempée. Jean éclaboussé. Chaussures immergées. Splach splach. Cheveux dégoulinants. Ses yeux aussi. Il y a des larmes dedans, un peu. Il s'arrête au milieu de la terrasse. Il a oublié qu'il pleuvait. Il a oublié, l'orage. C'est lui en vrai devant moi. En vrai parce que je reconnais ses mains. Ses mains qui coulent. En vrai parce qu'il pleure, je vois, je sais. Parce que je suis la seule au monde à l'avoir vu pleurer. Alors je sais que c'est lui.

Je peux plus penser à rien. Penser ça sert à rien. Je bouge plus. Je le regarde, les yeux très grands ouverts. Alors il commence une phrase. Y a des sanglots, dans sa voix. Des gros.

« Margot. Margot. Margot...
- Quoi, quoi, quoi ?
- Margot...
- Quoi Julien ? Quoi ?
- Je voulais savoir... Qu'est-ce que tu fais au mois de juillet ?
- En juillet ! En juillet ? Mais je sais pas ! Je sais pas.
- Tu n'as rien de prévu ?

- Mais... Mais non ! Mais non je sais pas ! Pourquoi ?
- Parce que...
- Parce que quoi ?
- Parce qu'en juillet, je t'épouse. »

Les deux minutes qui ont suivi, je ne m'en souviens plus. Je me suis évanouie. Il paraît. Évanouie. Pour la première fois de ma vie.

***

L'avion prend son élan sur la piste de décollage. Il fonce sur l'asphalte brûlant d'une fin de journée brûlante. Le soleil nous éblouit encore à travers le hublot. J'ai des gros soupirs de sanglots, moi aussi. Et les yeux tout secs. Julien pareil. Il me sourit à côté d'un rayon de soleil. Il a une trace de main toute rouge sur la figure. Je plisse les yeux et je fais pareil. Il me demande si j'ai peur et je dis non. Ma main est dans la sienne. Une émeraude à mon doigt. À ma main gauche. À celle qu'il tient.

Ça y est. On décolle. Tout va rouler, maintenant. Oui, tout va rouler. Il me regarde toujours. Il me sourit à contre-jour.

-FIN-

DU MÊME AUTEUR

ROMANS

A Contre-Jour, 2011
Pas ce Soir, 2012 (Nommé au Prix Littéraire François Sagan 2013)

RECUEILS DE NOUVELLES D'EPOUVANTE

Train Fantôme, 2015
Ecarlates, 2016
Made In Hell, 2017
Série B, 2018

ROMANS D'EPOUVANTE

Fille à Papa, 2019
Influx, 2020
Soap, 2021

Site web de l'auteur : www.charlinequarre.com